CORA

ET

L'HISTOIRE D'UN RÊVEUR

George Sand

Cora

I

À mon retour de l'île Bourbon (je me trouvais dans une situation assez précaire), je sollicitai et j'obtins un mince emploi dans l'administration des postes. Je fus envoyé au fond de la province, dans une petite ville dont je tairai le nom pour des motifs que vous concevrez facilement.

L'apparition d'une nouvelle figure est un événement dans une petite ville, et, quoique mon emploi fût des moins importants, pendant quelques jours je fus, après un phoque vivant et deux boas constrictors, qui venaient de s'installer sur la place du marché, l'objet le plus excitant de la curiosité publique et le sujet le plus exploité des conversations particulières.

La niaise oisiveté dont j'étais victime me séquestra chez moi pendant toute la première semaine. J'étais fort jeune, et la négligence que j'avais jusqu'alors apportée par caractère aux importantes considérations de la *mise* et de la *tenue* commençaient à se révéler à moi sous la forme du remords.

Après un séjour de quelques années aux colonies, ma toilette se ressentait visiblement de l'état de stagnation honteuse où l'avait laissé le progrès du siècle. Mon chapeau à la Bolivar, mes favoris à la Bergami et mon manteau à la Quiroga étaient en arrière de plusieurs lustres, et le reste de mon accoutrement avait une tournure exotique dont je commençais à rougir.

Il est vrai que, dans la solitude des champs, ou dans l'incognito d'une grande ville, ou dans le tourbillon de la vie errante, j'eusse pu exister longtemps encore sans me douter du malheur de ma position. Mais une seule promenade hasardée sur les remparts de la ville m'éclaira tristement à cet égard. Je ne fis point dix pas hors de mon domicile sans recevoir de salutaires avertissements sur l'inconvenance de mon costume. D'abord une jolie grisette me lança un regard ironique, et dit à sa compagne, en passant près de moi : – « *Ce monsieur* a une cravate bien mal pliée. » Puis un ouvrier, que je soupçonnai être dans le commerce des feutres, dit d'un ton goguenard, en posant ses poings sur ses flancs revêtus d'un tablier de cuir : – « Si *ce monsieur* voulait me prêter son chapeau, j'en ferais fabriquer un sur le même modèle, afin de me déguiser en *roast-beef* le jour du carnaval. » Puis une *dame* élégante murmura en se penchant sur sa croisée : – « C'est dommage qu'il ait un gilet si fané et la barbe si mal faite. » Enfin, un bel esprit du lieu dit en pinçant la lèvre : – « Apparemment que le père de *ce monsieur* est un homme *puissant*, on le voit à l'ampleur de son habit. » Bref, il me fallut bientôt revenir sur mes pas, fort heureux d'échapper aux vexations d'une douzaine de polissons en guenilles qui criaient après moi du haut de leur tête : À bas *l'angliche* ! à bas le milord ! à bas l'étranger !

Profondément humilié de ma mésaventure, je résolus de m'enfermer chez moi jusqu'à ce que le tailleur du chef-lieu m'eût fait parvenir un habit complet dans le dernier goût. L'honnête homme ne s'y épargna point, et me confectionna des vêtements si exigus et si coquets que je pensai mourir de douleur en me voyant réduit à ma plus simple expression, et semblable en tous points à ces caricatures de *fats parisiens* et d'*incroyables* qui nous faisaient encore pâmer de rire, l'année précédente, à l'île Maurice. Je ne pouvais pas me persuader que je ne fusse pas cent fois plus ridicule sous cet habit que sous celui que je venais de quitter, et je ne savais plus que devenir ; car j'avais promis solennellement à mon hôtesse (la femme du plus gros notaire de l'arrondissement) de la conduire au bal, et de lui faire danser la première et probablement l'unique contredanse à laquelle ses charmes lui donnaient le droit de prétendre. Incertain, honteux, tremblant, je me décidai à descendre et à demander à cette estimable femme un avis rigide et sincère sur ma situation. Je pris un flambeau et je me hasardai jusqu'à la porte de son appartement ; mais je m'arrêtai palpitant et désespéré, en entendant partir de ce sanctuaire un bruit confus de voix fraîches et perçantes, de rires aigus et naïfs, qui m'annonçaient la présence de cinq ou six demoiselles de la ville. Je faillis retourner sur mes pas ; car, de m'exposer au jugement d'un si malin aréopage dans une parure plus que problématique à mes yeux, c'était un héroïsme dont peu de jeunes gens à ma place se fussent sentis capables.

Enfin, la force de ma volonté l'emporta ; je me demandai si j'avais lu pour rien Locke et Condillac, et poussant la porte d'une main ferme, j'entrai par l'effet d'une résolution désespérée. J'ai vu de près d'affreux événements, je puis le dire : j'ai traversé les mers et les orages, j'ai échappé aux griffes d'un tigre dans le royaume de

Java, et aux dents d'un crocodile dans la baie de Tunis ; j'ai vu en face les gueules béantes des sloops flibustiers ; j'ai mangé du biscuit de mer qui m'a percé les gencives ; j'ai embrassé la fille du roi de Timor... eh bien ! je vous jure que tout ceci n'était rien au prix de mon entrée dans cet appartement, et que dans aucun jour de ma vie je ne recueillis un aussi glorieux fruit de l'éducation philosophique.

Les demoiselles étaient assises en cercle, et, en attendant que la femme du notaire eût achevé de mêler à ses cheveux noirs une légère guirlande de pivoines, ces gentes filles de la nature échangeaient entre elles de joyeux propos et de naïves chansons. Mon apparition inattendue paralysa l'élan de cette gaieté charmante. Le silence étendit ses ailes de hibou sur leurs blondes têtes, et tous les yeux s'attachèrent sur moi avec l'expression du doute, de la méfiance et de la peur.

Puis tout à coup un cri de surprise s'échappa du sein de la plus jeune, et mon nom vola de bouche en bouche comme la bordée d'une frégate armée en guerre. Mon sang se glaça dans mes veines, et je faillis prendre la fuite comme un brick qui a cru attaquer un chasse-marée, et qui, à la portée de la longue-vue, découvre un beau trois-mâts, laissant nonchalamment tomber ses sabords pour lui faire accueil.

Mais, à ma grande stupéfaction, la femme de mon hôte, laissant la moitié de ses boucles crêpées et menaçantes, tandis que l'autre gisait encore sous le papier gris de la papillote, accourut vers moi en s'écriant : – C'est notre jeune homme ! c'est notre pauvre Georges ! Ah ! mon Dieu ! quelle métamorphose ! qu'il est bien mis ! quelle jolie tournure ! quelle coupe d'habit élégante et moderne !... Ah ! mesdemoiselles, regardez ! regardez comme M. Georges est changé, comme il a l'air distingué. Vous ferez danser ces demoiselles, monsieur Georges, après moi, pourtant ! Vous m'avez forcée de vous promettre la première, vous vous en souvenez ?

Les demoiselles gardaient le silence, et je doutais encore de mon triomphe. Je rassemblai le reste de mon courage pour leur demander timidement leur goût sur cet habit, et aussitôt un chœur de louanges pur et mélodieux à mes oreilles comme un chant céleste s'éleva autour de moi. Jamais on n'avait rien vu de mieux ; on ne trouvait pas un pli à blâmer ; le collet raide et volumineux était d'un goût exquis, les basques courtes et cambrées avaient une grâce parfaite, le gilet parsemé de gigantesques rosaces était d'un éclat sans pareil ; la cravate inflexible, croisée avec une rigueur systématique, était un chef-d'œuvre d'invention ; la manchette et le jabot terrible couronnaient l'œuvre. De mémoire de jeunes filles, aucun employé de l'administration des postes n'avait fait un tel début dans le monde.

J'avoue que ce n'est pas un des moins brillants souvenirs de ma jeunesse que mon entrée triomphante dans ce bal, serré dans mon habit neuf, froissé par les baleines dorsales de mon gilet, vexé par le rigorisme de mes entournures, et, de plus, flanqué à droite de la femme du notaire, à gauche de mademoiselle Phédora, sa nièce, la plus vieille et la plus laide fille du département. N'importe, j'étais fier, j'étais heureux, j'étais bien mis.

La salle était un peu froide, un peu sombre, un peu malpropre ; les banquettes étaient bien tachées d'huile çà et là, les quinquets jouaient bien un peu, sur les têtes fleuries et emplumées du bal, le vieux rôle de l'épée de Damoclès ; le parquet n'était pas fort brillant, les robes des femmes n'étaient pas toutes fraîches, pas plus que la fraîcheur de certains visages n'était naturelle. Il y avait bien des pieds un peu larges dans des souliers de satin un peu rustiques, des bras un peu rouges sous des manches de dentelle, des cous un peu hâlés sous des colliers de perles, et des corsages un peu robustes sous des ceintures de moire. Il y avait bien aussi sur l'habit des hommes une légère odeur de tabac de la régie, dans l'office un parfum de vin chaud un peu brutal, dans l'air un nuage de poussière un peu agreste, et pourtant c'était une charmante fête, une aimable réunion, sur ma parole ! La musique n'était pas beaucoup plus mauvaise que celle de Port-Louis ou de Saint-Paul. Les modes n'étaient, à coup sûr, ni aussi arriérées, ni aussi exagérées que celles qu'on prétend suivre à Calcutta ; en outre, les femmes étaient généralement plus blanches, les hommes moins rudes et moins bruyants.

À tout prendre, pour moi qui n'avais point vu les merveilles de la civilisation poussées à la dernière limite, pour moi qui n'avais vu l'opéra qu'en Amérique et le bal qu'en Asie, le bal à peu près public et général de la petite ville pouvait bien sembler pompeux et enivrant, si l'on considère d'ailleurs la profonde sensation qu'y produisait mon habit et le succès incontestable que j'obtins d'emblée à la fin de la première contredanse.

Mais ces joies naïves de l'amour-propre firent bientôt place à un sentiment plus conforme à ma nature inflammable et contemplative. Une femme entra dans le bal et j'oubliai toutes les autres ; j'oubliai même mon triomphe et mon habit neuf. Je n'eus plus de regards et de pensées que pour elle.

Oh ! c'est qu'elle était vraiment bien belle, et qu'il n'était pas besoin d'avoir vingt-cinq ans et d'arriver de l'Inde pour en être frappé. Un peintre célèbre qui passa, l'année suivante, dans la ville, arrêta sa chaise de poste en l'apercevant à sa fenêtre, fit dételer les chevaux et resta huit jours à l'auberge du Lion-d'Argent, cherchant par tous les moyens possibles à pénétrer jusqu'à elle pour la peindre. Mais jamais il ne put faire comprendre à sa famille qu'on pouvait par amour de l'art faire le portrait d'une femme sans avoir l'intention de la séduire. Il fut éconduit, et la beauté de Cora n'est restée empreinte que dans le cerveau peut-être de ce grand artiste, et dans le cœur d'un pauvre fonctionnaire destitué de l'administration des postes.

Elle était d'une taille moyenne admirablement proportionnée, souple comme un oiseau, mais lente et fière comme une dame romaine. Elle était extraordinairement brune pour le climat tempéré où elle était née ; mais sa peau était fine et unie comme la cire la mieux moulée. Le principal caractère de sa tête régulièrement dessinée, c'était quelque chose d'indéfinissable, de surhumain, qu'il faut avoir vu pour le comprendre ; des lignes d'une netteté prestigieuse, de grands yeux d'un vert si pâle et si transparent qu'ils semblaient faits pour lire dans les mystères du monde intellectuel plus que dans les choses de la vie positive ; une bouche aux lèvres minces, fines et pâles, au sourire imperceptible, aux rares paroles ; un profil sévère et mélancolique, un regard froid, triste et pensif, une expression vague de souffrance, d'ennui et de dédain ; et puis des mouvements doux et réservés, une main effilée et blanche, beauté si rare chez les femmes d'une condition médiocre ; une toilette grave et simple, discernement si étrange chez une provinciale ; surtout un air de dignité calme et inflexible qui aurait été sublime sous la couronne de diamants d'une reine espagnole, et qui, chez cette pauvre fille, semblait être le sceau du malheur, l'indice d'une organisation exceptionnelle.

Car c'était la fille... le dirai-je ? il le faut bien : Cora était la fille d'un épicier.

Ô sainte poésie, pardonne-moi d'avoir tracé ce mot ! Mais Cora eût relevé l'enseigne d'un cabaret. Elle se fût détachée comme l'ange de Rembrandt au-dessus d'un groupe flamand. Elle eût brillé comme une belle fleur au milieu des marécages. Du fond de la boutique de son père, elle eût attiré sur elle le regard du grand Scott. Ce fut sans doute une beauté ignorée comme elle qui inspira l'idée charmante de *la belle fille de Perth*.

Et elle s'appelait Cora ; elle avait la voix douce, la démarche réservée, l'attitude rêveuse. Elle avait la plus belle chevelure brune que j'aie vue de ma vie, et seule, entre toutes ses compagnes, elle n'y mêlait jamais aucun ornement. Mais il y avait plus d'orgueil dans le luxe de ses boucles épaisses que dans l'éclat d'un diadème. Elle n'avait pas non plus de collier ni de fleurs sur la poitrine. Son dos brun et velouté tranchait fièrement sur la dentelle blanche de son corsage. Sa robe bleue la faisait paraître encore plus brune de ton et plus sombre d'expression. Elle semblait tirer vanité du caractère original de sa beauté.

Elle semblait avoir deviné qu'elle était belle autrement que toutes les autres : car je n'ai pas besoin de vous le dire, Cora étant d'un type rare et d'un coloris oriental, Cora ressemblant à la juive Rebecca, ou à la Juliette de Shakespeare, Cora majestueuse, souffrante et un peu farouche, Cora qui n'était ni rose, ni replète, ni agaçante, ni gentille, n'était ni aperçue ni soupçonnée dans la foule. Elle vivait là comme une rose épanouie dans le désert, comme une perle échouée sur le sable, et la première personne venue, à qui vous eussiez exprimé votre admiration à la vue de Cora, vous eût répondu : Oui, elle ne serait pas mal si elle était plus blanche et moins maigre.

J'étais si troublé auprès d'elle, si subitement épris, que vraiment j'oubliais toute la confiance qu'eussent dû m'inspirer mon habit neuf et mon gilet à rosaces. Il est vrai qu'elle y accordait fort peu d'attention, qu'elle écoutait d'un air distrait des fadeurs qui me faisaient suer sang et eau à débiter, qu'elle laissait, à chaque invitation de ma part, tomber de ses lèvres un mot bien faible, et, dans ma main tremblante, une main dont je sentais la froideur au travers de son gant. Hélas ! qu'elle était indifférente et hautaine, la fille de l'épicier ! Qu'elle était singulière et mystérieuse, la brune Cora ! Je ne pus jamais obtenir d'elle, dans toute la durée de la nuit, qu'une demi-douzaine de monosyllabes.

Il m'arriva le lendemain de lire, pour le malheur de ma vie, les

Contes fantastiques. Pour mon malheur encore, aucune créature sous le ciel ne semblait être un type plus complet de la beauté fantastique et de la poésie allemande que Cora aux yeux verts et au corsage diaphane.

Les adorables poésies d'Hoffmann commençaient à circuler dans la ville. Les matrones et les pères de famille trouvaient le genre détestable et le style de mauvais goût. Les notaires et les femmes d'avoués faisaient surtout une guerre à mort à l'invraisemblance des caractères et au romanesque des incidents. Le juge de paix du canton avait l'habitude de se promener autour des tables dans le cabinet de lecture, et de dire aux jeunes gens égarés par cette poésie étrangère et subversive : *Rien n'est beau que le vrai*, etc. Je me souviens qu'un vaurien de lycéen, en vacances, lui dit à cette occasion en le regardant fixement :

– Monsieur, cette grosse verrue que vous avez au milieu du nez est sans doute postiche ?

Malgré les remontrances paternelles, malgré les anathèmes du *principal* et des professeurs de sixième, le mal gagna rapidement, et une grande partie de la jeunesse fut infectée du venin mortel. On vit de jeunes débitants de tabac se modeler sur le type de Kreisler, et des surnuméraires à l'enregistrement s'évanouir au son lointain d'une cornemuse ou d'une chanson de jeune fille.

Pour moi, je confesse et je déclare ici que je perdis complètement la tête. Cora réalisait tous les rêves enivrants que le poète m'inspirait, et je me plaisais à la gratifier d'une nature immatérielle et féerique qui réellement semblait avoir été imaginée pour elle. J'étais heureux ainsi. Je ne lui parlais pas, je n'avais aucun titre pour m'approcher d'elle. Je ne recueillais aucun encouragement à ma passion ; je n'en cherchais même pas. Seulement, je quittai la maison du notaire et je louai une misérable chambre directement en face de la maison de l'épicier. Je garnis ma fenêtre d'un épais rideau, dans lequel je pratiquai des fentes habilement ménagées. Je passais là en extase toutes les heures que je pouvais dérober à mon travail.

La rue était déserte et silencieuse. Cora était assise à sa fenêtre au rez-de-chaussée. Elle lisait. Que lisait-elle ? Il est certain qu'elle lisait du matin au soir. Et puis elle posait son livre sur un vase de giroflée jaune qui brillait à la fenêtre. Et la tête penché sur sa main, les boucles de ses beaux cheveux nonchalamment mêlées aux fleurs d'or et de pourpre, l'œil fixe et brillant, elle semblait percer le pavé et contempler, à travers la croûte épaisse de ce sol grossier, les mystères de la tombe et de la reproduction des essences fécondantes, assister à la naissance de la fée aux Roses, et encourager le germe d'un beau génie aux ailes d'or dans le pistil d'une tulipe.

Et moi je la regardais, j'étais heureux. Je me gardais bien de me montrer, car, au moindre mouvement du rideau, au moindre bruit de ma fenêtre, elle disparaissait comme un songe. Elle s'évanouissait comme une vapeur argentée dans le clair-obscur de l'arrière-boutique ; je me tenais donc là, immobile, retenant mon souffle, imposant silence aux battements de mon cœur, quelquefois à genoux implorant ma fée dans le silence, envoyant vers elle les brûlantes aspirations d'une âme que son essence magique devait pénétrer et entendre. Parfois je m'imaginais voir mon esprit et le sien voltiger enlacés dans un de ces rayons de poussière d'or que le soleil de midi infiltrait dans la profondeur étroite et anguleuse de la rue. Je m'imaginais voir partir de son œil limpide comme l'eau qui court sur la mousse, un trait brûlant qui m'appelait tout entier dans son cœur.

Je restai là tout le jour, égaré, absurde, ridicule ; mais exalté, mais amoureux, mais jeune ! mais inondé de poésie et n'associant personne aux mystères de ma pensée et ne sentant jamais mes élans entravés par la crainte de tomber dans le mauvais goût, n'ayant que Dieu pour juge et pour confident de mes rêves et de mes extases.

Puis, quand le jour finissait, quand la pâle Cora fermait sa fenêtre et tirait son rideau, j'ouvrais mes livres favoris et je la retrouvais sur les Alpes avec Manfred, chez le professeur Spallanzani avec Nathanaël, dans les cieux avec Oberon.

Mais, hélas ! ce bonheur ne fut pas de bien longue durée. Jusque-là personne n'avait découvert la beauté de Cora ; j'en jouissais tout seul. Elle n'était comprise et adorée que par moi. La contagion fantastique, en se répandant parmi les jeunes gens de la ville, jeta un trait de lumière sur la romantique bourgeoise.

Un impertinent bachelier s'avisa un matin, en passant devant ses fenêtres, de la comparer à Anne de Gierstern, la fille du brouillard. Ce mot fit fortune : on le répéta au bal. Les *inspirés* de l'endroit remarquèrent la danse molle et aérienne de Cora. Un autre génie de la société la compara à la reine Mab. Alors, chacun voulant faire montre de son érudition, apporta son épithète et sa métaphore, et la pauvre fille en fut écrasée à son insu. Quand ils eurent assez profané mon idole avec leurs comparaisons, ils l'entourèrent, ils l'accablèrent de soins et de madrigaux, ils la firent danser jusqu'à l'extinction des quinquets, ils me la rendirent le lendemain fatiguée de leur esprit, ennuyée de leur babil, flétrie de leur admiration ; et ce qui acheva de me briser le cœur, ce fut de voir apparaître à la fenêtre le profil arrondi et jovial d'un gros étudiant en pharmacie à côté du profil grec et délié de ma sylphide.

Pendant bien des matins et bien des soirs, je vins derrière le rideau mystérieux essayer de combattre le charme que mon odieux rival avait jeté sur la famille de l'épicier. Mais en vain j'invoquai l'amour, le diable et tous les saints, je ne pus écarter sa maligne influence. Il revint, sans se lasser, tous les jours s'asseoir à côté de Cora, dans l'embrasure de la fenêtre, et il lui parlait. De quoi osait-il lui parler, le malheureux ! La figure impénétrable de Cora n'en trahissait rien. Elle semblait écouter ses discours sans les entendre, et à l'imperceptible mouvement de ses lèvres, je devinais quelquefois qu'elle lui répondait froidement et brièvement comme elle avait l'habitude de le faire, et puis la conversation semblait languir.

Le couple contraint et ennuyé étouffait de part et d'autre des bâillements silencieux. Cora regardait tristement son livre fermé sur la fenêtre et que la présence de son adorateur l'empêchait de continuer. Puis elle appuyait son coude sur le pot de giroflées et le menton sur la paume de sa main, et le regardant d'un regard fixe et glacial, elle semblait étudier les fibres grossières de son organisation morale au travers de la loupe de maître Floh.

Après tout, elle supportait ses assiduités comme un mal nécessaire ; car, au bout de six semaines, l'apprenti pharmacien conduisit la belle Cora au pied des autels, où ils reçurent la bénédiction nuptiale. Cora était admirablement chaste et sévère sous son costume de mariée. Elle avait l'air calme, indifférent, ennuyé comme toujours. Elle traversa la foule avide d'un pas aussi mesuré qu'à l'ordinaire, et promena sur les curieux ébahis son œil sec et scrutateur. Quand il rencontra ma figure morne et flétrie, il s'y arrêta un instant et sembla dire : Voici un homme qui est incommodé d'un catarrhe ou d'un mal de dents.

Pour moi, j'étais si désespéré, que je sollicitai mon changement...

II

Mais je ne l'obtins pas, et je restai témoin du bonheur d'un autre. Alors je pris le parti de tomber malade, ce qui me sauva du désespoir, ainsi qu'il arrive toujours en pareil cas.

Si dégoûté qu'on soit de la vie, il est certain que, lorsque la fatalité nous y retient malgré nous, la faiblesse humaine ne peut s'empêcher de remercier secrètement la fatalité. La mort est si laide qu'aucun de nous ne la voit de près sans effroi. Bien magnanimes sont ceux qui enfoncent le rasoir jusqu'à l'artère carotide, ou qui avalent le poison jusqu'au fond de la coupe. (Je dis la *coupe*, parce qu'il n'est pas séant et presque impossible de s'empoisonner dans un vase qui porte un autre nom quelconque.)

Oui, le proverbe d'Ésope est la sagesse des nations. Nous aimons la vie comme une maîtresse que nous convoitons encore avec les sens, après même que toute estime et toute affection pour elle sont éteintes en nous. Le soir où je vis un prêtre et un médecin convenablement graves à mon chevet, je n'eus pas la force de m'enquérir vis-à-vis de moi-même de ce que j'en ressentais de joie ou de peine. Mais quand, un matin, je m'éveillai faible et languissant, et que je vis la garde-malade endormie profondément sur sa chaise, le soleil brillant sur les toits et les fioles pharmaceutiques vides sur le guéridon, quand je me hasardai à remuer et que je sentis ma tête sans douleur, mes membres légers, et mon corps débile dégagé de tous les liens de fer de la souffrance, je ressentis un insurmontable sentiment de bien-être et de reconnaissance envers le ciel.

Et puis je me rappelai Cora et son mariage, et j'eus honte de la joie que je venais d'éprouver ; car, après les ferventes prières que j'avais adressées à Dieu et au médecin pour être délivré de la vie, c'était une inconséquence sans pareille que d'en accepter le retour sans colère et sans amertume. Je me mis donc à répandre des larmes. La jeunesse est si riche en émotions de tout genre, qu'il lui est possible de se torturer elle-même en dépit de la force de l'espoir, de la poésie, de tous les bienfaits dont l'a douée la Providence. Je lui reprochai, moi, d'avoir été plus sage que moi, et de n'avoir pas permis qu'un amour bizarre et presque imaginaire me conduisît au tombeau. Puis je me résignai et j'acceptai la volonté de Dieu, qui rivait ma chaîne et me condamnait à jouir encore de la vue du ciel, de la beauté de la nature et de l'affection de mes proches.

Quand je fus assez fort pour me lever, je m'approchai de la fenêtre avec un inexprimable serrement de cœur. Cora était là ; elle lisait. Elle était toujours belle, toujours pâle, toujours seule. J'eus un sentiment de joie. Elle m'était donc rendue, ma fée aux yeux verts ; ma belle rêveuse solitaire ! Je pourrais la contempler encore et nourrir en secret cette passion extatique que le regard d'un rival m'avait forcé de refouler si longtemps ! Tout à coup elle releva sa tête brune, et ses yeux, errant au hasard sur la muraille, aperçurent ma face pâle qui se penchait vers elle. Je tressaillis, je crus qu'elle allait fuir comme à l'ordinaire. Mais, ô transport ! elle ne s'enfuit point. Au contraire, elle m'adressa un salut plein de politesse et de douceur, puis elle reporta son attention sur son livre, et resta sous mes yeux absolument indifférente à l'assiduité de mes regards ; mais du moins elle resta.

Un homme plus expérimenté que moi eût préféré l'ancienne sauvagerie de Cora à l'insouciance avec laquelle désormais elle bravait le face-à-face. Mais pouvais-je résister au charme qu'elle venait de jeter sur moi avec son salut bienveillant et gracieux ? Je m'imaginai tout ce qu'il peut entrer de chaste intérêt et de bienveillance réservée dans un modeste salut de femme. C'était la première marque de connaissance que me donnait Cora. Mais avec quelle ingénieuse délicatesse elle choisissait l'instant de me la donner ! Combien il entrait de compassion généreuse dans ce faible témoignage d'un intérêt timide et discret ! Elle n'osait point me demander si j'étais mieux. D'ailleurs elle le voyait, et son salut valait tout un long discours de félicitations.

Je passai toute la nuit à commenter ce charmant salut, et le lendemain, à l'heure où Cora reparut, je me hasardai à risquer le premier témoignage de notre intelligence naissante. Oui, j'eus l'audace de la saluer profondément ; mais je fus si bouleversé de ce que j'osais faire, que je n'eus point le courage de fixer mes yeux sur elle. Je les tins baissés avec crainte et respect, ce qui fit que je ne pus point savoir si elle me rendait mon salut, ni de quel air elle me le rendait.

Troublé, palpitant, plein d'espoir et de terreur, je restais le front caché dans mes mains, n'osant plus montrer mon visage, lorsqu'une voix s'éleva dans le silence de la rue, et, montant vers moi, m'adressa ces douces paroles :

– Il parait, monsieur, que votre santé est meilleure ?

Je tressaillis, je retirai ma tête de mes mains ; je regardai Cora, je ne pouvais en croire mes oreilles, d'autant plus que la voix était un peu rude, un peu mâle, et que je m'étais toujours imaginé la voix de Cora plus douce que celle de la brise d'avril caressant les fleurs naissantes. Mais comme je la contemplais d'un air éperdu, elle réitéra sa question dans des termes dont la douceur me fit oublier l'accent un peu indigène et le timbre un peu vigoureux de sa voix.

– Je vois avec plaisir, dit-elle, que monsieur Georges se porte mieux.

Je voulus faire une réponse qui exprimât l'enthousiasme de ma reconnaissance ; mais cela me fut impossible : je pâlis, je rougis, je balbutiai quelques paroles inintelligibles ; je faillis m'évanouir.

À ce moment, l'épicier, le père de ma Cora, approchant son profil osseux de la fenêtre, lui dit d'un ton rauque, mais pourtant bienveillant :

– À qui parles-tu donc, mignonne ?

– À notre voisin, M. Georges, qui est enfin convalescent et que je vois à sa fenêtre.

– Ah ! j'en suis charmé, dit l'épicier, et, soulevant son bonnet de loutre : Comment va la santé, mon cher voisin ?

Je remerciai avec plus d'assurance le père de ma bien-aimée. J'étais le plus heureux des mortels ; j'obtenais enfin un peu d'intérêt de cette famille naguère si farouche et si méfiante envers moi. Mais hélas ! pensais-je presque aussitôt, que me sert à présent d'être plaint et consolé ? Cora n'est-elle pas pour jamais unie à un autre ?

L'épicier, appuyant ses deux coudes sur sa fenêtre, entama alors avec moi une conversation affectueuse et bienveillante sur la beauté de la journée, sur le plaisir de revenir à la vie par un si bon soleil, sur l'excellence des gilets de flanelle en temps de convalescence, et les bienfaisants effets de l'eau miellée et du sirop de gomme sur les poitrines fatiguées et les estomacs débilités.

Jaloux de soutenir et de prolonger un entretien si précieux, je lui répondis par des compliments flatteurs sur la beauté des giroflées qui fleurissaient à sa fenêtre, sur la grâce mignonne et coquette de son chat qui dormait au soleil devant la porte, et sur la bonne exposition de sa boutique qui recevait en plein les rayons du soleil de midi.

– Oui, oui, répondit l'épicier, au commencement du printemps les rayons du soleil ne sont point à dédaigner ; plus tard ils deviennent un peu trop bons...

À cet entretien cordial et ingénu, Cora mêlait de temps en temps des réflexions courtes et simples, mais pleines de bon sens et de justesse ; j'en conclus qu'elle avait un jugement droit et un esprit positif.

Puis, comme j'insistais sur l'avantage d'avoir la façade de son logis exposée au midi, Cora, inspirée par le ciel et par la beauté de son âme, dit à son père :

– Au fait, la chambre de M. Georges exposée au nord doit encore être assez fraîche dans ce temps-ci. Peut-être, si vous lui proposiez de venir s'asseoir une heure ou deux chez nous, serait-il bien aise de voir le soleil en face ?

Puis elle se pencha vers son oreille, et lui dit tout bas quelques mots qui semblèrent frapper vivement l'épicier.

– C'est bien, ma fille, s'écria-t-il d'un ton jovial Vous plairait-il, monsieur Georges, d'accepter une chaise à côté de ma Cora ?

– Ô mon Dieu ! pensai-je, si c'est un rêve, faites que je ne m'éveille point.

Une minute après, le généreux épicier était dans ma chambre et m'offrait son bras pour descendre. J'étais ému jusqu'aux larmes et je lui pressai les mains avec une effusion qui le surprit, tant son action lui paraissait naturelle.

Au seuil de ma maison, je trouvai Cora qui venait pour aider son père à me soutenir en traversant la rue. Jusque-là je me sentais la force d'aller vers elle ; mais dès qu'elle toucha mon bras, dès que sa main longue et blanche effleura mon coude, je me sentis défaillir, et je perdis le sentiment de mon bonheur pour l'avoir senti trop vivement.

Je revins à moi sur un grand fauteuil de cuir à clous dorés, qui, depuis cinquante ans, servait de trône au patriarcal épicier. Sa digne compagne me frottait les tempes avec du vulnéraire, et Cora, la belle Cora, tenait sous mes narines son mouchoir imbibé d'alcool. Je faillis m'évanouir de nouveau ; je voulus remercier, mais je n'avais pas d'expressions pour peindre ma gratitude ; pourtant, dans un moment où l'épicier, me voyant mieux, se retirait, et où sa femme passait dans l'arrière-boutique pour me chercher un verre d'eau de réglisse, je dis à Cora en levant sur elle mon œil languissant :

– Ah ! madame, pourquoi ne m'avoir pas laissé mourir ? j'étais si heureux tout à l'heure !

Elle me regarda d'un air étonné et me dit d'un ton affectueux : – Remettez-vous, monsieur, vous avez de la fièvre, je le vois bien.

Quand je fus tout à fait remis de mon trouble, l'épicière retourna à la boutique, et je restai seul avec Cora.

Comme le cœur me battit alors ! Mais elle était calme, et sa sérénité m'imposait tant de respect que je pris sur moi de paraître calme aussi.

Cependant ce tête-à-tête devint pour moi d'un cruel embarras. Cora n'aimait point à parler. Elle répondait brièvement à toutes les choses que je tirais de mon cerveau avec d'incroyables efforts, et, quoi que je fisse, jamais ses réponses n'étaient de nature à nouer l'entretien ; sur quelque matière que ce fût, elle était de mon avis. Je ne pouvais pas m'en plaindre, car je lui disais de ces choses sensées qu'il n'est pas possible de combattre à moins d'être fou. Par exemple, je lui demandai si elle aimait la lecture. – Beaucoup, me répondit-elle. – C'est qu'en effet, repris-je, c'est une si douce occupation ! – En effet, reprit-elle, c'est une très douce occupation. – Pourvu, ajoutai-je, que le livre qu'on lit soit beau et intéressant. – Oh ! certainement, ajouta-t-elle. – Car, poursuivis-je, il en est de bien insipides. – Mais aussi, poursuivit-elle, il en est de bien jolis. – Cet entretien eut pu nous mener loin si je me fusse senti la hardiesse de l'interroger sur le genre de ses lectures. Mais je craignis que cela ne fût indiscret, et je me bornai à jeter un regard furtif sur le livre entrouvert au pied de la giroflée. C'était un roman d'Auguste Lafontaine. J'eus la sottise d'en être affecté d'abord. Et puis, en y réfléchissant, je trouvai dans le choix de cette lecture une raison d'admirer la simplicité et la richesse d'un cœur qui pouvait puiser là des émotions attachantes. Je parcourus de l'œil une pile de volumes délabrés qui gisaient sur un rayon près de moi. Je ne nommerai point les auteurs chéris de ma Cora ; les lecteurs blasés en riraient, et moi, dans ma vaine enflure de poète, je faillis en être froissé... Mais je revins bientôt à la raison en comparant les ressources d'un esprit si neuf et d'une âme si virginale à la vieillesse prématurée de nos imaginations épuisées. Il y avait dans la vie intellectuelle des trésors auxquels Cora n'avait pas encore touché, et l'homme qui serait assez heureux pour les lui révéler verrait s'épanouir sous son souffle la plus belle œuvre de la création, le cœur d'une femme ingénue !...

Je rentrai chez moi enthousiasmé de Cora, dont l'ignorance était si candide et si belle. J'attendis l'heure d'y retourner le jour suivant, sans pourtant espérer cette nouvelle faveur. Elle reparut avec sa mère, qui m'invita à descendre. Quand je fus installé dans le grand fauteuil, je vis une sorte d'agitation inquiète dans la famille. Puis l'épicier s'assit vis-à-vis de moi avec un air hypocritement naïf. J'étais agité moi-même, je craignais et je désirais l'explication de cette contenance.

– Puisque vous vous trouvez bien ici, monsieur Georges, dit-il enfin en posant ses deux mains sur ses rotules replètes, j'espère que vous y viendrez sans façon vous reposer tant que vous ne serez pas assez fort pour aller vous distraire ailleurs.

– Généreux homme ! m'écriai-je.

– Non, dit-il en souriant, cela ne vaut point un remerciement : entre voisins on se doit assistance, et, Dieu merci ! nous n'avons jamais refusé la nôtre aux honnêtes gens : car je présume que vous êtes un brave jeune homme, monsieur Georges, vous en avez parfaitement l'air, et je me sens de la confiance en vous.

– J'en suis honoré, répondis-je avec embarras.

– Ainsi, monsieur, poursuivit le digne homme avec gaieté, en se levant, restez avec notre Cora tant que vous voudrez. C'est une fille d'esprit, voyez-vous ! une personne qui a vécu dans les livres, et dont la mère n'a jamais voulu contrarier le goût. Aussi, elle en sait plus que nous à présent, et vous trouverez de l'agrément dans sa société, j'en réponds.

– Il y a bien longtemps, répondis-je en rougissant et en jetant sur Cora un regard timide, que je me serais estimé heureux de cette faveur... Elle est venue bien tard, hélas ! au gré de mon impatience...

– Ah ! dame, dit l'épicier en ricanant, c'est qu'il y a deux mois, voyez-vous, la chose n'était pas possible. Cora n'était pas mariée, et... à moins de se présenter ici avec l'intention de l'épouser, avec de bonnes et franches propositions de mariage, aucun garçon n'obtenait de sa mère l'entrée de cette chambre. Vous savez, monsieur, comme il faut veiller sur une jeune fille pour empêcher les mauvaises langues de lui faire tort ; à présent que voici l'enfant établie, comme nous sommes sûrs de sa moralité, nous la laissons tout à fait libre, et puis... d'ailleurs (ici l'épicier baissa la voix), pâle et faible comme vous voilà, personne ne pensera que vous songiez à supplanter un mari jeune et bien portant...

L'épicier termina sa phrase par un gros rire. Je devins pâle comme la mort, et je n'osai pas lever les yeux sur Cora.

– Tenez, tenez, ne vous fâchez pas d'une plaisanterie, mon cher voisin, reprit-il ; vous ne serez pas toujours convalescent, et bientôt peut-être les pères et les maris vous surveilleront de plus près... En attendant, restez ici ; Cora vous tiendra compagnie, et d'ailleurs je crois qu'elle a quelque chose à vous dire.

– À moi ? m'écriai-je en regardant Cora.

– Oui, oui, reprit le père, c'est une petite affaire délicate... voyez-vous, et qu'une jeune femme entendra mieux qu'un vieux bonhomme. Allons, au revoir, monsieur Georges.

Il sortit. Je restai encore une fois seul avec Cora, et cette fois elle avait une *affaire délicate* à traiter avec moi : elle allait me confier un secret peut-être, une peine de son cœur, un malheur de sa destinée : ah ! sans doute, il y avait un grand et profond mystère dans la vie de cette fille si mélancolique et si belle ! son existence ne pouvait pas être arrangée comme celle des autres. Le ciel ne lui avait pas départi une si miraculeuse beauté sans la lui faire expier par des trésors de douleur. Enfin, me disais-je, elle va les épancher dans mon sein, et je pourrai peut-être en prendre une partie pour la soulager !

Elle resta un peu confuse devant moi. Puis elle fouilla dans la poche de son tablier de taffetas noir et en tira un papier plié.

– En vérité, monsieur, dit-elle, c'est bien peu de chose : je ne sais pourquoi mon père me charge de vous le dire ; il devrait savoir qu'un homme d'esprit comme vous ne s'offense pas d'une demande toute naturelle... Sans tout ce qu'il vient de dire, je ne serais pas embarrassée, mais...

– Achevez, au nom du ciel, m'écriai-je avec ferveur ; ô Cora ! si vous connaissiez mon cœur, vous n'hésiteriez pas un instant à m'ouvrir le vôtre.

– Eh bien, monsieur, dit Cora émue, voici ce dont il s'agit.

Elle déplia le papier et me le présenta. J'y jetai les yeux, mais ma vue était troublée, ma main tremblante, il me fallut prendre haleine un instant avant de comprendre. Enfin je lus :

« Doit M. Georges à M***, épicier droguiste, pour objets de

consommation fournis durant sa maladie...

12 l. cassonade pour sirops et tisanes, ci.
Savon fourni à sa garde-malade, ci-contre.
Chandelle......
Centaurée fébrifuge, etc., etc...
Total... 30 fr. 50 c.
Pour acquit, Cora **. »

Je la regardai d'un air égaré.

– Véritablement, monsieur, me dit-elle, vous trouvez peut-être cette demande indiscrète, et vous n'êtes pas encore assez bien portant pour qu'il soit agréable d'être importuné d'affaires. Mais nous sommes fort gênés, le commerce va si mal, le loyer de notre boutique est fort cher...

Et Cora parla longtemps encore. Je ne l'entendis point. Je balbutiai quelques mots et je courus, aussi vite que mes forces me le permirent, chercher la somme que je devais à l'épicier. Puis je rentrai chez moi atterré, et je me mis au lit avec un mouvement de fièvre.

Mais le lendemain je revins à moi avec des idées plus raisonnables. Je me demandai pourquoi ce mépris idiot et superbe pour les détails de la vie bourgeoise, pourquoi l'impertinente susceptibilité des âmes poétiques qui croient se souiller au contact des nécessités prosaïques, pourquoi enfin cette haine absurde contre le positif de la vie.

Ingrat ! pensai-je, tu te révoltes parce qu'un mémoire de savon et de chandelle a été rédigé et présenté par Cora, tandis que tu devrais baiser la belle main qui t'a fourni ces secours à ton insu durant ta maladie. Que serais-tu devenu, misérable rêveur, si un homme confiant et probe n'eût consenti à répandre sur toi les bienfaits de son industrie, sans autre gage de remboursement que ta mince garde-robe et ton misérable grabat ? Et si tu étais mort sans pouvoir lire son mémoire et l'acquitter, où sont les héritiers qui auraient trouvé dans ta succession 30 fr. 50 c. à lui remettre ?

Et puis je songeai que ces breuvages bienfaisants qui m'avaient sauvé de la souffrance et de la mort, c'était Cora qui les avait préparés. Qui sait, pensai-je, si elle n'a point composé un charme ou murmuré une prière qui leur ait donné la vertu de me guérir ? N'y a-t-elle pas aussi mêlé une larme compatissante le jour où je touchai aux portes du tombeau ? Larme divine ! topique céleste !...

J'en étais là quand l'épicier frappa à ma porte :

– Tenez, monsieur Georges, me dit-il, ma femme et moi nous craignons de vous avoir fâché. Cora nous a dit que vous aviez eu l'air surpris et que vous aviez acquitté le mémoire sans dire un mot. Je ne voudrais pas que vous nous crussiez capables de méfiance envers vous. Nous sommes gênés, il est vrai. Notre commerce ne va pas très bien ; mais si vous aviez besoin d'argent, nous trouverions encore moyen de vous rendre le vôtre et même de vous en prêter un peu.

Je me jetai dans ses bras avec effusion.

– Digne vieillard, m'écriai-je, tout ce que je possède est à vous !... Comptez sur moi à la vie et à la mort.

Je parlai longtemps avec l'exaltation de la fièvre. Il me regardait avec son gros œil gris, rond comme celui d'un chat. Quand j'eus fini :

– À la bonne heure, dit-il du ton d'un homme qui prend son parti sur l'impossibilité de deviner une énigme. Je vous prie de venir nous voir de temps en temps et de ne pas nous retirer votre pratique.

III

Je m'étonnais de ne plus voir le mari de Cora à la boutique ni auprès de sa femme. Je hasardai une craintive question. Elle me répondit que Gibonneau achevait son année de service en second sous les auspices du premier pharmacien de la ville. Il ne rentrait que le soir et sortait dès le matin. Ainsi le rustre pouvait ainsi voir s'écouler ses jours loin de la plus belle créature qui fût sous le ciel. Il possédait la plus riche perle du monde, et il se résignait tranquillement à la quitter pendant toute une moitié de sa vie, pour aller préparer des liniments et formuler des pilules !

Mais aussi comme je remerciai le ciel qui l'avait condamné à cette vulgaire existence et qui semblait lui dénier une faveur dont il n'était pas digne, celle de voir sa douce compagne à la clarté du soleil ! Il ne lui était permis de retourner vers elle qu'à l'heure où les chauve-souris et les hiboux prennent leur sombre volée et rasent d'une aile velue et silencieuse les flots transparents de la brume. Il venait dans l'ombre ainsi qu'un voleur de nuit, ainsi qu'un gnome malfaisant qui chevauche, le vent du soir et le météore trompeur des marécages. Il venait, ombre morne et lugubre, encore revêtu de son tablier, ainsi que d'un linceul, exhalant cette odeur d'aromate que l'on brûle autour des catafalques. Je le voyais quelquefois errer dans les ténèbres et glisser comme un spectre le long des murailles livides. Plusieurs fois je le rencontrai sur le seuil et je faillis l'écraser dans le ruisseau comme un ver de terre ; mais je l'épargnai, car véritablement il avait l'encolure d'un buffle, et j'étais tout effilé et tout transparent des suites de la fièvre.

Cora, veuve chaque jour, depuis l'aube jusqu'au crépuscule du soir, restait confiante près de moi. Je passais presque toutes mes journées assis sur le vieux fauteuil de la famille, ou, lorsque le soleil d'avril était décidément chaud, je m'asseyais sur le banc de pierre qui s'adossait à la fenêtre de Cora. Là, séparé d'elle seulement par les rameaux d'or de la giroflée, je respirais son haleine parmi les fleurs, je saisissais son long regard transparent et calme comme le flot sans rides qui dort sur les rives de la Grèce. Nous gardions tous deux le silence, mais mon cœur volait vers elle et convoitait le sien avec une force attractive dont il devait lui être impossible de ne pas sentir la puissance. Je m'endormis dans ce doux rêve. Pourquoi Cora ne m'aurait-elle pas aimé ? Peut-être fallait-il dire : comment ne m'eût-elle pas aimé ? Je l'aimais si éperdument, moi ! toutes mes facultés intellectuelles se concentraient pour produire une force de désir et d'attente qui planait impérieusement sur Cora. Son âme, faite du plus beau rayon de la Divinité, pouvait-elle rester inerte sous le vol magnétique de cette pensée de feu ? Je ne voulus point le croire, et je sentis mon cœur si pur, mes désirs si chastes, que je ne craignis bientôt plus d'offenser Cora en les lui révélant. Alors je lui parlai cette langue des cieux qu'il n'est donné qu'aux âmes poétiques d'entendre. Je lui exprimai les tortures ineffables et les divines souffrances de mon amour. Je lui racontai mes rêves, mes illusions, les milliers de poèmes et de vers alexandrins que j'avais faits pour elle. J'eus le bonheur de la voir, attentive et subjuguée, quitter son livre et se pencher vers moi d'un air pénétré pour m'entendre, car mes paroles avaient un sens nouveau pour elle, et je faisais entrer dans son esprit un ordre de pensées sublimes qu'il n'avait encore jamais osé aborder.

– Ô ma Cora, lui disais-je, que pourrais-tu craindre d'une flamme aussi pure ? L'éclair qui s'allume aux cieux n'est pas d'une nature plus subtile que le feu dont je me consume avec délice. Pourquoi ta sauvage pudeur, pourquoi ta superbe fierté de femme s'alarmeraient-elles d'un amour aussi intellectuel que le nôtre ? Qu'un mari, qu'un maître, possède le trésor de la beauté matérielle qu'il a plu aux anges de te départir ! pour moi, je ne chercherai jamais à lui ravir ce que Dieu, les hommes et ta parole, ô Cora ! lui ont assuré comme son bien ; le mien sera, si tu m'exauces, moins saisissable, moins enivrant, mais plus glorieux et plus noble. C'est la partie éthérée de ton âme que je veux, c'est ton aspiration brûlante vers le ciel que je veux étreindre et saisir, afin d'être ton ciel et ton âme, comme tu es mon Dieu et ma vie. »

Ces choses semblaient obscures à Cora, son âme était si candide et si enfantine ! Elle me regardait d'un œil absorbé dans la stupeur, et pour lui faire mieux comprendre les divins mystères de l'amour platonique, je prenais mon crayon et je traçais des vers sur la muraille aux marges de sa fenêtre ; puis je lui racontais les brillantes poésies de la nature invisible, les amours des anges et des fées, les souffrances et les soupirs des sylphes emprisonnés dans le calice des fleurs, puis les fougueuses passions des roses pour les brises, et réciproquement ; puis les chœurs aériens qu'on entend le soir dans la nue, la danse sympathique des étoiles, les rondes du sabbat, les malices des farfadets et les découvertes ardues de l'alchimie.

Notre bonheur semblait ne pouvoir être troublé par aucun événement extérieur. En prenant la poésie corps à corps, j'avais su si bien m'isoler, dans mon monde intellectuel, de toutes les entraves et de tous les écueils de la vie réelle, que je semblais n'avoir rien à craindre de l'intervention de ces volontés grossières et inintelligentes qui végétaient à l'entour de nous. Mes sentiments étaient d'une nature si élevée que je ne pouvais inspirer de rivalité d'aucun genre à l'homme vulgaire qui se disait le maître et l'époux de Cora.

Pendant longtemps, en effet, il sembla comprendre le respect qu'il devait à une liaison protégée par le ciel. Mais au bout de six semaines, je vis un changement étrange s'opérer dans les manières de cette famille à mon égard. Le père me regardait d'un air ironique et méfiant chaque fois qu'il entrait dans la chambre où nous étions. La mère affectait d'y rester tout le temps qu'elle pouvait dérober aux affaires de sa boutique. Gibonneau, lorsque par hasard je venais à le rencontrer, me lançait de sinistres et foudroyantes œillades ; Cora elle-même devenait plus réservée, descendait plus tard au rez-de-chaussée, remontait plus tôt dans sa chambre, et quelquefois même passait des jours entiers sans paraître. Je m'en effrayai, et j'essayai de m'en plaindre. J'essayai de lui faire comprendre, avec l'éloquence que donne la passion, l'injustice et la barbarie de sa conduite. Elle m'écouta d'un air contraint, presque craintif, et je la vis regarder vers la porte d'un air d'inquiétude.

– Ô Cora ! m'écriai-je avec enthousiasme, serais-tu menacée de quelque danger ? parle, parle ! où sont tes ennemis, nomme-moi les infâmes qui font peser sur toi, frêle et céleste créature, les chaînes d'airain d'un joug détesté. Dis-moi quel est le démon qui comprime l'élan de ton cœur et refoule au fond de ton sein des épanchements naïfs, comme des remords amers ? Va, je saurai bien les conjurer, je sais plus d'un charme pour enchaîner les démons de l'envie et de la vengeance, plus d'une parole magique pour appeler les anges sur nos têtes : les anges protecteurs qui sont tes frères, et qui sont moins purs, moins beaux que toi...

J'élevai la voix en parlant, et je m'approchai de Cora pour saisir sa main qu'elle me retirait toujours. Alors je me levai, le front inondé de la sueur de l'enthousiasme, les cheveux en désordre, l'œil inspiré...

Cora poussa un grand cri, et son père, accourant comme si le feu eût pris à la maison, s'élança dans la chambre. Comme il s'avançait vers moi d'un air menaçant, Cora le saisit par le bras et lui dit avec douceur : – Laissez-le, mon père, il est dans un de ses accès, ne le contrariez point, cela va se passer.

Je cherchai vainement le sens de ces paroles. Elle sortit, et l'épicier s'adressant à moi : – Allons, monsieur Georges, revenez à vous, personne ici ne songe à vous contrarier ; mais en vérité vous n'êtes pas raisonnable... Allons, allons... rentrez chez vous et calmez-vous.

Étourdi de ce discours plein de bonté, je cédai avec la douceur d'un enfant, et l'épicier me reconduisit chez moi. Une heure après, je vis entrer le procureur du roi et le médecin de la ville. Comme je les connaissais l'un et l'autre assez particulièrement, je ne m'étonnai pas de leur visite, mais je commençai à m'offenser de l'affectation avec laquelle le médecin s'empara de mon pouls, examinant avec soin l'expression de mon regard et la dilatation de ma pupille ; puis il se mit à compter les battements de mes artères aux tempes et au cou, et à interroger la chaleur extérieure de mon cerveau avec le creux de sa main.

– Qu'est-ce que tout cela signifie, monsieur ? lui dis-je ; je ne vous ai point appelé pour une consultation. Je me sens assez bien pour me passer désormais de soins, et je ne suis point disposé à en recevoir malgré moi.

Mais, au lieu de me répondre, il s'approcha du magistrat, et ils se retirèrent dans l'embrasure de la fenêtre pour parler bas. Ils semblaient se consulter sur mon compte, car, à chaque instant ils se retournaient pour me regarder d'un air attentif et méfiant ; enfin ils s'approchèrent de moi, et le procureur du roi m'adressa plusieurs questions étranges, d'abord de quelle couleur je voyais son gilet, puis si je savais bien son nom, puis encore si je pouvais dire quel était mon âge, mon pays et ma profession.

Je répondais à ces étranges interrogatoires avec stupeur, lorsque le médecin me demanda à son tour si je ne voyais point d'autre personne dans l'appartement que le procureur du roi, lui et moi ; puis si je pensais qu'il fît jour ou nuit, et enfin si je pouvais certifier que j'eusse cinq doigts à chaque main.

Outré de l'impertinence de ces questions, je résolus la dernière en lui appliquant un vigoureux soufflet. J'eus tort, sans doute, surtout en la présence d'un magistrat tout prêt à instruire contre le délit. Mais le sang me montait à la tête, et il ne m'était pas plus longtemps possible de me laisser traiter comme un idiot ou comme un fou sans en avoir le motif.

Grand fut l'esclandre. Le magistrat voulut prendre fait et cause pour son compère ; je le saisis à la gorge et je l'eusse étranglé, si l'épicier, son gendre et une demi-douzaine de voisins ne fussent venus à son secours. Alors on s'empara de moi, on me lia les pieds et les mains comme à un furieux, on m'entoura la bouche de serviettes et l'on me conduisit à l'hospice de ville, où je fus enfermé dans la chambre destinée aux sujets frappés d'aliénation mentale.

La chambre, je dois le dire, était confortable, et j'y fus traité avec beaucoup de douceur, d'autant plus que je ne donnais aucun signe de folie. L'erreur du médecin et du magistrat fut bientôt constatée. Mais il me fut difficile de recouvrer ma liberté, car le dernier, prévoyant qu'il serait forcé de me demander une réparation de l'injure que je lui avais faite, s'obstina à me faire passer pour aliéné, afin de pouvoir se donner les apparences du sang-froid et de la générosité à mon égard.

Je sortis enfin ; mais le procureur du roi me fit mander immédiatement dans son cabinet et m'adressa cette mercuriale :

– Jeune homme, me dit-il avec ce ton capable et paternel que tout magistrat imberbe se croit le droit de prendre quand il a endossé la ratine judiciaire, vous avez, sinon de grandes erreurs, du moins de graves inconséquences à réparer. Étranger, vous avez été accueilli dans cette ville avec toutes les marques de la bienveillance et toute l'aménité de mœurs qui distingue ses habitants. Malade, vous avez été soigné par vos voisins, avec zèle et dévouement. Tous ces témoignages de confiance et d'intérêt eussent dû graver profondément en vous le sentiment des convenances et celui de la gratitude...

– Mille noms d'un sabord ! monsieur, m'écriai-je dans mon style de marin, qui, dans la colère, reprenait malgré moi le dessus, où voulez-vous en venir, et qu'ai-je fait pour mériter la prison et votre harangue ?...

– Monsieur, dit-il en fronçant le sourcil, voici ce que vous avez fait : vous avez accepté l'hospitalité que chaque jour un honnête citoyen, un estimable épicier, vous offrait au sein de sa famille, et vous l'avez acceptée avec des intentions qu'il ne m'appartient pas de qualifier, et dont votre conscience seule peut être juge. Moi je pense que votre intention a été de séduire la fille de l'épicier et de l'éblouir par des discours incohérents qui portaient tous les caractères de l'exaltation ; ou de vous faire un jeu de sa simplicité, en la mystifiant par d'énigmatiques railleries.

– Juste ciel ! qui a dit cela ? m'écriai-je avec angoisse.

– Madame Cora Gibonneau elle-même. D'abord elle a considéré vos étranges discours comme des traits d'originalité naturelle. Peu à peu elle s'en est effrayée comme d'actes de démence. Longtemps elle a hésité à en prévenir ses parents, car dans le cœur de ces respectables bourgeois, la bonté et la compassion sont des vertus héréditaires. Mais enfin, mariée depuis peu à un digne homme qu'elle adore et pour qui, vous le savez sans doute depuis longtemps, elle nourrissait en secret avant son hyménée une passion qui avait profondément altéré sa santé et l'eût conduite au tombeau si ses parents l'eussent contrariée plus longtemps ; enfin, dis-je, mariée à l'estimable pharmacien Gibonneau, affaiblie par les commencements d'une grossesse assez pénible, et craignant avec raison les conséquences de la frayeur dans la position où elle se trouve, madame Cora s'est décidée à instruire ses parents de l'égarement de votre cerveau et des preuves journalières que vous lui en donniez depuis quelque temps. Ces honnêtes gens ont hésité à le croire et vous ont surveillé avec une extrême réserve de délicatesse. Enfin, vous voyant un jour dans un état d'exaltation et de délire qui épouvantait sérieusement leur fille, ils ont pris le parti d'implorer la protection des lois et la sauvegarde de la magistrature... Et l'appui des lois ne leur a pas manqué, et la magistrature s'est levée pour les rassurer, car la magistrature sait que son plus beau privilège est de...

– Assez, assez, pour Dieu ! monsieur, m'écriai-je, je pourrais vous dire par cœur le reste de votre phrase, tant je l'ai entendu déclamer de fois à tout propos...

– Non, jeune homme, s'écria le magistrat à son tour en élevant la voix, vous n'échapperez point à la sollicitude d'une magistrature qui doit ses conseils et sa surveillance à la jeunesse, à une magistrature qui veut le bonheur et le repos des citoyens. Profitez du reproche que vous avez encouru. Voyez vos torts, ils sont graves ! vous avez porté le trouble et la crainte dans la famille de l'épicier ; vous avez méconnu la sainte hospitalité qui vous y était offerte, en essayant de railler ou de séduire l'épouse irréprochable d'un pharmacien éclairé... Oui, vous avez tenté l'un ou l'autre, monsieur, car je ne sais point le sens que la loi peut adjuger aux étranges fragments de versification dont vous avez endommagé les murs de cette maison hospitalière, et qui m'ont été montrés par la fille de l'épicier comme une preuve irrécusable de votre démence... Enfin, monsieur, non content d'affliger de braves gens et d'inquiéter le voisinage, vous avez résisté à l'autorité représentée par moi, vous avez pris au collet et frappé le médecin distingué qui vous donnait des soins, vous avez fait une scène de violence qui a troublé le repos de toute une population paisible, et qui a pensé devenir funeste à madame Gibonneau par la frayeur qu'elle lui a causée.

– Cora est malade ! m'écriai-je. Grand Dieu !... Et je voulais courir, échapper à l'éloquence tribunitienne de mon bourreau. Il me retint.

– Vous ne me quitterez pas, jeune homme, me dit-il, sans avoir écouté la voix de la raison, sans m'avoir donné votre parole d'honneur de suspendre vos visites, chez madame Gibonneau, et de quitter même le logement que vous occupez vis-à-vis la maison de l'épicière.

– Eh ! monsieur, m'écriai-je, je jure que je vais dire adieu et demander pardon à ces honnêtes gens, savoir des nouvelles de madame Cora, et qu'une heure après j'aurai quitté cette ville fatale.

Je m'armai de courage et de sang-froid pour rentrer chez l'épicier. Comme j'avais passé pour fou dans toute la ville, ma sortie de prison fit une profonde sensation ; l'épicier parut inquiet et soucieux, sa femme se cacha presque derrière lui, Cora devint pâle de terreur, et M. Gibonneau, sans rien dire, me fit une mine de mauvais garçon. Je leur parlai avec calme, les priai d'excuser le scandale que je leur avais causé, et de croire à mon éternelle reconnaissance pour les soins et l'affection que j'avais trouvés chez eux.

– Pour vous, madame, dis-je d'une voix émue à Cora, pardonnez surtout aux extravagances dont je vous ai rendue témoin ; si je croyais que vous m'eussiez soupçonné un seul instant de manquer au respect que je vous dois, j'en mourrais de douleur. J'espère que vous oublierez l'absurdité de ma conduite pour ne vous souvenir tous que des humbles excuses et des affectueux remerciements que je vous adresse en vous quittant pour jamais.

À ce mot je vis toutes les figures s'éclaircir, à l'exception de celle de Cora, qui, je dois le dire, n'exprima qu'une douce compassion. Je voulus essayer de lui demander l'état de sa santé, dont j'avais causé l'altération par mes folies. Mais en songeant à la cause première de son état maladif, à l'amour qu'elle avait depuis si longtemps pour son mari et à l'heureux gage de cet amour qu'elle portait dans son sein, ma langue s'embarrassa et mes pleurs coulèrent malgré moi. Alors la famille m'entoura, pleurant aussi et m'accablant de marques de regret et d'attachement ; Cora me tendit même sa belle main, que je n'avais jamais eu le bonheur de toucher, et que je n'osai pas seulement porter à mes lèvres. Enfin je m'éloignai comblé de bénédictions pour mon séjour parmi eux et particulièrement pour mon départ ; car, au milieu de toutes les choses amicales qui me furent dites, il n'y eut pas une voix, pas un mot pour m'engager à rester.

Accablé de douleur, brisé jusqu'à l'âme, je sentais mes genoux fléchir sous moi en quittant cette maison où j'avais fait des rêves si doux et nourri des illusions si brillantes. Je m'appuyai contre le seuil tapissé de vigne, et je jetai un dernier regard de tendresse et d'adieu sur la belle giroflée de la fenêtre.

Alors j'entendis une voix qui partait de l'intérieur et qui prononçait mon nom. C'était la voix de Cora ; j'écoutai : – Pauvre jeune homme ! disait-elle d'un ton pénétré, il est donc enfin parti !

– Je n'en suis pas fâché, répondit l'épicier, quoique après tout ce soit un brave garçon et qu'il paie bien ses mémoires.

J'ai traversé cette ville l'année dernière pour aller en Limousin. J'ai aperçu Cora à sa fenêtre ; il y avait trois beaux enfants autour d'elle, et un superbe pot de giroflée rouge. Cora avait le nez allongé, les lèvres amincies, les yeux un peu rouges, les joues creuses et quelques dents de moins.

L'histoire d'un rêveur

I

La grotte des chèvres

Par une belle matinée du mois de juin, vers la fin du siècle dernier, un beau jeune homme s'avançait dans cette contrée admirable qui forme la base de l'Etna du côté de Catane, et qui, en raison de sa position, porte le nom de *regióne piemontése*. Il allait visiter le volcan gigantesque de la Sicile, et, comme ce n'était pas la première fois qu'il entreprenait cette excursion, il n'avait pas jugé nécessaire de se munir d'un guide surtout dans la partie riante et habitée qu'il parcourait et dont chaque sentier, chaque vallon couvert de fleurs et de fruits, chaque coteau tapissé de vignes, lui étaient devenus familiers dans ses fréquentes promenades. Il montait un beau et bon cheval qu'il laissa à Nicolosi, village d'un aspect assez sombre, bâti de laves et de basaltes, et servant de limite entre le pays enchanté que notre voyageur venait de franchir, et la région déserte et sauvage, qui s'élève rapidement vers la sommité de l'Etna. Après s'être reposé quelques heures et avoir loué une mule, la plus vigoureuse qu'il pût trouver dans le bourg, – et ce n'était pas beaucoup dire, – il repartit vers 5 heures de l'après-midi, déterminé à marcher toute la soirée et toute la nuit, afin d'arriver au cratère au lever du soleil et d'y contempler le plus magnifique spectacle de l'univers : toute la Sicile déployée en triangle sous ses pieds et baignée de l'immense mer, où la vue ne rencontre plus de bornes que du côté du détroit et des monts de la Calabre.

– Il me semble, mon bon Tricket, dis-je en interrompant le narrateur, que tu fais des phrases un peu longues.

– Elles ne le sont pas encore assez pour être à la mode, me répondit-il sans se déconcerter, et il continua.

Le voyageur eut un assaut à soutenir contre le babil de l'hôtesse de Nicolosi qui voulait l'engager à prendre un guide. « Sainte Vierge ! disait-elle, c'est une véritable folie que de vous engager ainsi tout seul dans ces bois où il est si facile de s'égarer que nos pâtres eux-mêmes s'y égarent tous les jours. Et si vous alliez vous engloutir dans une de ces cheminées souterraines qu'on rencontre à chaque pas ? *Gesù mio signore*, ne vous exposez pas ainsi, car si vous échappez aux dangers de la route, qui sait quels malins esprits peuvent se jouer de vous et vous jeter en bas de la montagne ? Il y a un certain génie malfaisant qu'on appelle...

– Vous me conterez cette histoire demain, ma bonne hôtesse, interrompit le voyageur. Aujourd'hui, elle retarderait trop mon départ. Je pense que les malins esprits m'attaqueront aussi bien avec une escorte de cent hommes, s'ils ont envie de contrarier ma marche. J'ai déjà fait cinq ou six fois ce chemin, et je dois le connaître assez bien pour m'y maintenir avec quelque attention. Et puis, pensa-t-il en s'éloignant de Nicolosi au trot de sa mule, et en traversant la plaine inclinée, couverte de cendres rougeâtres qui domine le village, mon plaisir sera sans mélange. Si je parviens seul au terme de ce désert terrible et majestueux, je n'aurai pas à essuyer les éternels et fatigants avis d'un guide qui veut se rendre nécessaire et doubler son importance, en vous exagérant les dangers du chemin. Je n'aurai pas non plus l'importune distraction de ses explications plates et grossières, ni l'inquiétante contrariété de ses fatigues feintes ou réelles, ni l'embarras de ces mille ruses perfides par lesquelles ils cherchent à faire doubler leur salaire et manquer votre voyage. Il faut être seul pour sentir toute l'exaltation qu'une nuit sur l'Etna est capable d'inspirer : la présence d'un être de mon espèce me rappellerait que je suis un homme, et seul avec le vent et la neige, j'espère l'oublier. Je veux pouvoir enfin abandonner mon âme au désordre de ces éléments fougueux qui règnent en maîtres absolus sur une terre déchirée et bouleversée chaque jour au gré de leur caprice.

Le jeune homme, dans son enthousiasme, ne manqua pas de s'identifier avec Empédocle. Sa situation l'exigeait rigoureusement, quoiqu'il fît le plus beau temps du monde, et que rien ne rendît l'approche du volcan périlleuse.

Il arriva sans difficulté à la grotte des Chèvres, station ordinaire des voyageurs et seul gîte qu'ils puissent trouver dans cette forêt inhabitable. Il y fit les préparatifs d'usage pour y passer le moins mal possible la première partie de la nuit, c'est-à-dire qu'il coupa de l'herbe qu'il plaça devant sa mule attachée à un arbre voisin ; qu'il abattit du bois et alluma du feu que la température glacée de cette région rend indispensable, et auprès duquel il fit un souper assez frugal, dont il s'était précautionné en quittant l'auberge de Nicolosi. Après quoi, il donna un dernier coup d'œil à sa monture, que ses habitudes rustiques et sa sobriété naturelle préservèrent du besoin de l'enthousiasme pour s'accommoder de sa position. Puis il ranima le feu en y traînant la moitié d'un bouleau desséché, et s'enveloppant dans son vaste manteau, il chercha à goûter quelques heures de sommeil, en attendant celle de se remettre en route ; cependant, il ferma en vain les yeux ; en vain, il s'étendit sur son lit de feuilles sèches et y changea vingt fois de position. Quoiqu'il s'assurât bien, en examinant sévèrement son âme ferme et aventureuse, qu'elle ne recevait pas la plus légère émotion de crainte, soit la nouveauté de sa situation dans cette imposante solitude, soit la subtilité d'un air qu'il n'était pas accoutumé à respirer, il lui fut impossible de s'endormir : l'abondance et la vivacité de ses pensées fatiguaient son cerveau, tous ses nerfs éprouvaient une excitation extraordinaire. Tantôt la chaleur du foyer le suffoquait, mais s'il écartait un peu son manteau pour s'alléger, le froid le saisissait et le faisait frissonner de la tête aux pieds : tantôt il lui semblait que des voix humaines se mêlaient aux plaintes du vent dans les vieux chênes de la forêt. Il les écoutait avec un plaisir mélancolique ; et puis, son imagination leur prêtant des modulations qu'elles n'avaient pas, il les répétait intérieurement jusqu'à ce qu'il fût excédé de leur monotonie. Enfin, renonçant au sommeil, il s'assit et resta, les coudes appuyés sur ses genoux et ses yeux fixés sur la braise rouge de son foyer, d'où s'échappaient sous mille formes et avec mille ondulations variées, des flammes blanches et bleues. C'est là, pensait-il, une image réduite des jeux de la flamme et des mouvements de la lave dans les irruptions de l'Etna. Que ne suis-je appelé à contempler cet admirable spectacle dans toutes ses horreurs ? Ou que n'ai-je les yeux d'une fourmi pour admirer ce bouleau embrasé ; avec quels transports de joie aveugle et de frénésie d'amante, ces essaims de petites phalènes blanchâtres viennent s'y précipiter ! Voilà pour elles le volcan dans toute sa majesté ! Voilà le spectacle d'un immense incendie. Cette lumière éclatante les enivre et les exalte comme ferait pour moi la vue de toute la forêt embrasée ; la nature n'a rien fait de misérable, tout y jouit d'une richesse relative de sensations, tout y est sensations, tout y possède des trésors de jouissance et des torrents de délices. Au milieu de la création, l'homme est de tous les êtres celui qui, avec plus de facultés pour apprécier le bonheur, se montre plus ingrat devant tant de bienfaits...

Une sorte de frémissement qui se fit entendre non loin du voyageur, interrompit le cours de ses pensées. Il porta la main à ses pistolets et, levant les yeux, il aperçut de l'autre côté du foyer, au travers de la fumée qui se déployait en légers tourbillons tantôt blancs et opaques, tantôt transparents comme un voile de gaze une longue et noire figure où brillaient deux gros yeux effarés et que surmontaient deux longues oreilles. Heureusement pour le voyageur, il était esprit fort ; aucun sentiment de terreur n'altérait sa vue et son jugement ; il reconnut sa pauvre mule qui, transie de froid, avait réussi à se détacher et, s'étant approchée machinalement du brasier, fixait sur cet objet éclatant des regards d'une terreur panique et stupide. Son cavalier s'approcha d'elle, lui frotta les flancs avec une poignée d'herbe sèche, et lui replaçant la bride, il se remit en marche comme la lune recommençait à blanchir l'horizon.

Il avait encore quelques milles à faire au travers des bois de chênes verts, de sapins et de bouleaux dont cette partie du mont, appelée *regióne silvósa*, est couverte, avant que d'arriver à la région des neiges et des glaces qui environnent le cratère. Le chemin était facile et assez doux aux pieds de la mule, quoique s'élevant rapidement à mesure qu'elle s'avançait ; le vent s'était calmé avec le lever de la lune et le froid devenait beaucoup moins rigoureux, surtout dans les parties abritées par la forêt. Le voyageur cheminait sous l'influence de pensées riantes et de sensations nouvelles. Il respirait avec délices cet air éthéré de la montagne, qui peu à peu produit sur le cerveau une sorte d'ivresse. La solitude et la nuit exercent toujours sur nous un effet moral qui se manifeste délicieux ou terrible suivant les nuances de notre caractère. Amédée, – c'était le nom du voyageur, – ne trouvait dans la majesté imposante de ces lieux que des sentiments de bien-être et d'enthousiasme. La lune, en s'élevant derrière les sapins, projetait leurs ombres gigantesques d'une colline à l'autre. Son rayon oblique perçait dans les intervalles, jetait sur les objets une blancheur lumineuse qui les revêtait de formes fantastiques. Chaque genêt épineux agité par le vent semblait être animé, chaque bloc de lave qui présentait ses aspérités bizarres et ses boursouflures cassantes, ressemblait aux ruines d'un édifice moresque. Le voyageur était plongé dans une de ces rêveries vagues pendant lesquelles une partie de notre âme ne s'aperçoit pas de ce qui occupe l'autre, lorsqu'un chant doux et plaintif comme la brise s'éleva avec la lune du coteau boisé qui bornait l'horizon. Cette fois, dit-il, ce n'est pas une illusion : un hasard peu ordinaire amène quelqu'un cette nuit dans la forêt. Il faut que ce soit un voyageur comme moi ou un pâtre égaré...

C'était en effet le lai mélancolique d'un berger, mais les intonations avaient une justesse et une pureté que rencontrent rarement ceux qui suivent en chantant les seules inspirations de la nature. À mesure que cette mélodie se rapprochait, Amédée, qui était lui-même un excellent musicien et un chanteur plein de goût, acquérait la conviction qu'un artiste fort habile et doué d'étonnantes facultés était seul capable de remplir ainsi l'espace du son de sa voix puissante, sans le secours d'aucun instrument ; pourtant, cette voix était trop suave, trop caressante, trop argentine parfois, pour s'exhaler d'une poitrine d'homme. Elle était aussi trop pleine, trop grave, trop sonore pour le gosier délicat d'une femme : c'était un mélange de ce qu'il y a de plus harmonieux dans les facultés musicales de chaque sexe ; c'était à la fois une basse, un contralto et un ténor, c'était enfin une voix comme Amédée n'en avait jamais entendu, même en ces chanteurs d'Italie qu'une consécration particulière dévoue au culte des muses et aux tourments des furies.

Il s'arrêta pour mieux écouter, mais comme la voix semblait monter, il se remit en marche pour la suivre, s'étonnant avec raison qu'on pût chanter avec cette précision, cette longue haleine et cette force prodigieuse en gravissant une côte rapide au milieu d'un air vif et pénétrant. Ce chant mystérieux n'était ni moins bizarre, ni moins ravissant que l'organe qui le modulait : c'était une invocation tantôt plaintive, tantôt passionnée adressée aux Esprits de la montagne ; les paroles semblaient à peine astreintes aux règles de la versification et pourtant c'était une poésie enthousiaste et sauvage qui portait le caractère de l'improvisation. Elles arrivaient distinctes à l'oreille du voyageur, quoique le chanteur invisible parût marcher sur un autre sentier à quelque distance.

« Je te salue, Etna ! disait la voix. Géant parmi les géants, roi de la terre et des mers ! Esprits de la nuit ; vents qui soufflez sur les vieux arbres, fins souterrains qui frémissez sous les bruyères ; génies des ravins et des précipices, vous qui, légers comme l'air, reposez sur la pointe de ces roches fragiles, que le poids d'un petit oiseau ferait écrouler, vous qui dansez sur l'arène des cendres bleues et rouges du volcan sans y imprimer la trace de vos pas, vous qui prenez pour mouture un flocon de neige emporté par l'ouragan ou un brin de mousse desséchée, enlevée à l'écorce des bouleaux, saluez tous le mont Gibel, le mont à la triple tête, le roi à la couronne flamboyante, le monarque à la robe de feu. »

« Et toi, ajoutait la voix en modérant son éclat et s'abaissant par degrés vers une mélodie suave et religieuse, et toi, douce et blanche reine des nuits, silencieuse Hécate, belle, éternellement jeune et belle, enveloppe-nous de tes reflets argentés, reçois l'hommage mystérieux et pur des enfants de la forêt antique. »

Ici le chanteur s'arrêta, et le voyageur transporté d'admiration et ravi de plaisir ne put résister au désir de voir l'incomparable artiste qui l'avait charmé. Il résolut de l'appeler par un chant du même genre : se livrant donc aux inspirations de son génie musical, qui le servit assez bien dans cette circonstance, il trouva facilement dans l'harmonie des terminaisons italiennes une sorte de rime libre à la manière de son compétiteur :

« Toi qui ravis mon âme de tes accents divins, s'écria-t-il, toi qui m'as fait entendre une mélodie plus enchanteresse que la harpe d'or des Élus, qui que tu sois, homme ou femme, ange ou démon, sylphide ou nécroman, viens à moi, que je rende hommage au talent sublime que tu possèdes. »

La voix d'Amédée était fraîche et belle, mais, quoique plus mâle que celle de son compagnon invisible, elle ne remplissait pas même les vallons et les collines. Il faut, pensa-t-il, que mon adversaire soit placé bien favorablement et qu'un écho propice se charge de doubler le volume de sa voix, car je défie le plus robuste chantre de lutter contre ce vent qui emporte les sons avant qu'on ne les lui ait confiés. En même temps, il regardait de tous côtés, impatient de voir arriver son « inconnu », lorsque la lune s'élevant dans l'air pur et bleu du firmament jeta une vive clarté sur le chemin jusqu'alors enveloppé dans l'ombre des arbres. Amédée vit distinctement, à deux pas de lui, un homme qui marchait sur le même sentier, mais sans que ses pas légers le pussent trahir par le craquement des *lapilli* et des scories dont le chemin était semé. Amédée allait lui adresser la parole, lorsqu'il s'élança sur une arête de laves qui bordait le chemin et qui, s'élevant progressivement, forma bientôt comme une muraille de vingt pieds de haut si mince, si découpée, si fragile que c'était un spectacle effrayant à voir qu'un homme courant lestement sur cet édifice de cendre vitrifiée. Tout en voltigeant pour ainsi dire, il se remit à chanter les paroles suivantes sur un air animé et brillant :

« Esprits de la forêt vierge de toute domination, pourquoi laissez-vous violer votre sanctuaire par des pas humains ? Vents du soir, emportez le téméraire ; rochers sourcilleux, brisez-le contre vos flancs aigus ! »

– Chante, chante, répondit Amédée ; quand tu devrais me maudire, je m'enivrerais du plaisir de t'écouter.

La crête volcanique que suivait l'inconnu se trouvant tout d'un coup interrompue, Amédée fut effrayé de le voir sur le haut de ce rempart fragile qui semblait prêt à se pulvériser sous ses pieds ; mais le chanteur fit un saut de dix pieds de haut, sans que le moindre bruit accompagnât la chute de son corps, et se trouva à côté d'Amédée marchant avec la grâce et l'aisance d'un jeune montagnard dont il avait le costume. Sa taille délicate annonçait un enfant de ce climat brûlant de la Sicile qui ne permet pas à la force physique de se développer. Il était vêtu à la manière du pays. Son chapeau rond et pointu était surmonté de plumes d'aigle, et un ample manteau écarlate, comme on en voit souvent aux *banditi* de quelque importance, était élégamment drapé autour de lui.

– Compagnon, lui dit Amédée, permettez que je vous remercie du plaisir que vous m'avez fait éprouver. Je ne m'attendais guère à trouver dans ce désert la voix enchantée du premier chanteur de l'Italie.

– Vous êtes louangeur, mon camarade, répondit le *ragazzo* en marchant toujours et sans se retourner vers Amédée : cela seul vous ferait signaler pour un Français, si votre accent rude et fâcheux ne suffisait pas pour cela. Mais vous pourriez bien vous tromper en me prenant pour un chanteur de profession.

– Je puis me tromper en ceci, mais du moins je suis certain que l'habit que vous portez n'est qu'un déguisement emprunté pour satisfaire une fantaisie, ou dans un but de commodité.

– Voulez-vous dire que je sois une fille déguisée ?

– Non, il y a bien dans la petitesse de votre taille et dans certaines notes de votre voix, de quoi faire naître quelques doutes à cet égard, mais vive Dieu ! ceux qui vous verront gravir sur les rochers et sauter en bas comme un chamois ne vous soupçonneront pas d'avoir jamais porté des jupes. Je vous tiens donc pour un être du sexe masculin des plus intrépides, mais non pour un pâtre des montagnes comme votre costume l'annonce. Ou la nature a fait de vous un prodige, ou vous avez fait vous-même de l'art du chant l'étude la plus approfondie, car je jure qu'il n'y a pas un chanteur à Paris, à Vienne ou à Naples qui puisse vous être comparé.

– Peut-être que si vous m'eussiez entendu sur le théâtre de la Scala, vous m'eussiez sifflé ; mais dans le désert de l'Etna, votre imagination enflammée m'a merveilleusement secondé.

– Je n'en crois rien, et j'espère que nous ne nous quitterons pas sans que vous m'ayez dit un nom qui doit être déjà célèbre ou qui ne tardera à le devenir. Allons, il faut que vous soyez Polidoro, dont parle toute l'Italie et que l'on attendait à Rome, lorsque j'ai été forcé de quitter cette ville.

– Comme je me souviens fort bien de vous avoir vu à Rome, il est probable que je n'étais pas à cette époque sur la route de Milan, d'ailleurs, Polidoro a le double de mon âge.

– Nous sommes-nous donc rencontrés à Rome, dit Amédée, et ne voulez-vous pas vous faire connaître à moi ?

– Avant tout, je vous ferai observer que vous êtes monté sur votre mule, tandis que je suis à pied, ce qui n'est pas commode pour faire la conversation ; je ne me soucie pas de fatiguer ma voix et de m'essouffler pour satisfaire votre curiosité.

– Cela est trop juste, je vais mettre pied à terre et nous monterons alternativement sur la mule. Il serait fâcheux qu'une aussi belle voix s'altérât, quoique, en vérité, vous ne paraissiez pas tout à l'heure très soigneux de la ménager.

– Ne croyez pas cela, ma voix c'est ma vie, et j'aimerais autant perdre l'une que l'autre ; mais, si les longs discours me fatiguent, il n'en est pas ainsi des plus longs airs. Je suis organisé pour chanter comme vous pour parler et c'est en chantant que je me repose. Mais ne descendez pas de votre mule : je suis fort léger et elle ne s'apercevra pas de ce surcroît de bagage. D'ailleurs, je ne vous serai pas inutile, car je connais mieux que vous tous les sentiers de la contrée.

Sans attendre de réponse, l'homme sauta en croupe derrière Amédée, avec une agilité qui tenait du prestige. La mule qui ne s'attendait pas à ce renfort fit un bond si rapide que son cavalier, qui ne se tenait pas sur ses gardes, ne put l'empêcher de tourner subitement de la tête à la queue et de prendre le galop en descendant la montagne. Il s'efforça de la calmer et de la retenir, mais tout fut inutile ; à chaque instant, elle doublait de vitesse. Amédée, qui était un fort bon cavalier et un homme naturellement intrépide, ne songea d'abord qu'à rire de cette aventure ; mais il conçut de l'humeur, lorsqu'il vit que son malicieux compagnon pressait les flancs de l'animal et lui frappait continuellement les jarrets avec sa houssine pour la faire courir ; l'impatience finit par se changer en colère chez Amédée, dont toutes les représentations ne faisaient qu'exciter la gaieté de l'inconnu.

– Si vous ne finissez cette mauvaise plaisanterie, dit-il enfin, je vous avertis que je me débarrasse de vous en vous jetant par terre.

– Essaye donc, dit le bizarre compagnon en redoublant ses coups sur la pauvre mule.

– C'en est trop, dit Amédée ; et faisant un demi-tour sur lui-même, il s'attendait à démonter d'un coup de poing son adversaire en apparence fort grêle, mais il trouva une résistance sur laquelle il ne comptait pas. L'inconnu se cramponna autour de lui et le serrant de ses deux bras avec une force surnaturelle lui fit par cette strangulation ressentir une si horrible souffrance qu'il abandonna les rênes. La mule, saisie d'un nouveau vertige, courait comme le vent, franchissant les amas de rochers et les courants de lave, qui s'opposaient à sa fuite rapide. De plus en plus effrayée de la lutte que ses deux cavaliers se livraient sur son dos, elle perdit jusqu'au sentiment de sa propre conservation et se précipita avec eux dans un ravin de plus de trois cents toises de profondeur.

La lune dans tout son éclat brillait au milieu d'un ciel pur ; l'arène de neige du milieu de laquelle s'élève la triple cime de l'Etna et qu'on appelle *regióne scopérta* étincelait de blancheur aux reflets de l'astre argenté. Après avoir passé entre Monte Nuovo et Monte Pumento en laissant sur la droite la Schiena del asino, on ne trouve plus de chemin tracé et l'on s'oriente vers l'Etna principal qui se trouve à découvert de tous côtés : c'est dans cette dernière région nommée fort improprement *piano del frumento* que s'élevait jadis un monument quadrangulaire dont la tradition attribue la fondation à Empédocle. Au temps où se rapporte cette histoire, il n'offrait plus qu'une enceinte de pierres disposées en carré et ensevelies dans les cendres qu'elles ne dépassaient que de quelques pieds. Chaque éruption de l'Etna travaille à engloutir cette ruine qu'on appelait la Tour du philosophe et qui peut-être a disparu entièrement aujourd'hui. C'est là que deux hommes se reposaient la nuit dont nous venons de parler : l'un deux était étendu dans une sorte de sommeil léthargique et adossé contre quelques pierres sculptées depuis longtemps abattues du fronton qu'elles avaient orné ; l'autre se tenait à ses côtés dans une muette contemplation, tantôt attachant sur lui son regard fixe, tantôt l'élevant sur la cime fumeuse du volcan.

Amédée, – car le dormeur était le même voyageur que nous avons vu rouler au fond d'un précipice au chapitre précédent, – essayait vainement de se réveiller. Il en éprouvait le désir. Il avait besoin de se soustraire à l'oppression indéfinissable que lui causait le regard de son compagnon, mais il n'était pas en son pouvoir de s'en affranchir. Enfin l'inconnu, se penchant vers lui, lui passa la main sur le visage sans le toucher en lui disant : « C'est assez » ; et Amédée se souleva aussitôt, et, jetant autour de lui des regards égarés comme vous l'eussiez fait à sa place, il tenta de quitter sa place et y réussit, après avoir vaincu un léger engourdissement. Il regarda alors attentivement son compagnon et après s'être bien assuré que c'était le même petit homme en manteau rouge dans la compagnie duquel il était tombé au fond du ravin :

– Ami, lui dit-il, veuillez m'expliquer comment, après une si effroyable chute, nous nous trouvons maintenant préservés de tout mal ; dites-moi, si vous le pouvez, où nous sommes et d'où nous venons.

L'inconnu, qui était retombé dans sa contemplation de l'Etna, se retourna froidement vers lui :

– Ma foi, dit-il, cette explication n'est pas bien difficile à vous donner, d'autant plus que c'est la quinzième fois depuis un quart d'heure que vous m'adressez les mêmes questions sans vouloir entendre ma réponse. Nous venons de la *regióne scopérta* où nous nous sommes rencontrés et nous voici près du cratère, dans la Tour du philosophe.

– Cela est fort extraordinaire, dit Amédée en se frottant le front et cherchant à rassembler les forces de son cerveau dont il commençait à douter : ou je suis fou, mon camarade, ou nous avons roulé ensemble...

– Allez-vous recommencer vos folies ? dit le chanteur en haussant les épaules. Votre délire n'est donc pas encore passé ? Allons, buvez un peu à ma gourde, cet accès de fièvre cérébrale s'en trouvera mieux.

« En effet, pensa Amédée, il faut que je sois devenu fou, ou que je sois ressuscité après ma mort, ce qui est moins probable. » Il but quelques gouttes du breuvage que le chanteur lui présenta et il se trouva aussitôt plein de force et de vie, sans pouvoir néanmoins perdre le vague souvenir des événements inexplicables de la soirée.

– C'est donc un rêve que j'ai fait, dit-il ; cependant il m'a semblé que vous sautiez en croupe derrière moi et que ma mule...

– Encore ! dit l'inconnu ; finissez, de grâce, de battre ainsi la campagne : nous avons fait route ensemble depuis la région des bouleaux jusqu'ici, mais la subtilité de l'air a fait sur votre cerveau une trop vive impression, ainsi qu'il arrive à beaucoup de voyageurs qui se hasardent à cette heure sur l'Etna. À mesure que nous montions, votre délire a augmenté. Il est probable que, sans moi, vous vous fussiez en effet précipité dans quelque abîme, car vous aviez l'esprit frappé de cette fantaisie, mais le hasard m'a donné à vous pour compagnon et pour guide et, quoique vous vous soyez imaginé de me prendre pour ce que je ne suis pas, je ne veux point vous abandonner.

– Mais la mule ? demanda Amédée, dans le cerveau duquel un reste de doute luttait encore contre les explications beaucoup plus raisonnables de son compagnon.

– La mule, répondit celui-ci, est attachée dans le bois à une place où nous la retrouverons facilement. J'ai vu que vous étiez hors d'état de vous tenir en selle. Je vous ai permis d'en descendre et de me suivre à pied . Ne vous rappelez-vous point ?

– Pas le moins du monde, dit Amédée tristement. Je ne me rappelle que les rêves étranges que j'ai faits. Je les ai encore si présents, je serais si fort tenté de croire à leur réalité, sans la peine que vous prenez pour me ramener à la raison, que je crains d'être devenu réellement fou dans ce maudit voyage.

– Rassurez-vous, dit le chanteur, j'ai souvent éprouvé cette sorte de vertige dans les régions élevées que j'ai parcourues. Demain vous ne vous en souviendrez plus. Vous êtes à moitié guéri depuis que vous êtes tombé dans une sorte d'accablement où je vous ai laissé à dessein quelques instants. Mais votre situation exige maintenant que nous marchions. Approchons de l'Etna.

Les deux voyageurs se prirent le bras afin de s'aider mutuellement contre la violence du vent, et ils s'avancèrent sur la plaine del Fruménto, tantôt s'enfonçant dans la neige jusqu'aux genoux, tantôt glissant sur les glaces, sur les amas de cendres et de scories d'où s'échappaient des vapeurs brûlantes.

Tout est prestige et fantasmagorie vers la cime du volcan. Cette neige éternelle du sein de laquelle s'exhalent des feux souterrains, cette flamme blanche et phosphorique qui brûle tranquillement sur la brèche du cratère, et comme un pâle fanal répand ses tristes lueurs sur la glace transparente, cette absence de tout être animé, ce silence de mort portaient dans l'âme d'Amédée de nouvelles agitations tumultueuses. Le silence de son compagnon lui devint pénible. Il eut besoin de le regarder, de distinguer enfin les traits de son visage pour s'assurer qu'un être de son espèce était à ses côtés. Chaque fois qu'il portait sur lui ses regards, les reflets de la lumière semblaient prendre une teinte verdâtre qui décomposait le coloris de son visage et empêchait Amédée d'en apprécier la beauté. Il ne pouvait s'empêcher d'en admirer pourtant les lignes pures et délicates, mais cette pâleur livide, soit qu'elle fût l'effet du clair de lune, soit qu'elle fût l'empreinte de chagrins prématurés, portait un effroi involontaire dans l'âme troublée du voyageur. Il eût voulu éviter le regard de ces grands yeux noirs où se peignaient la souffrance et la fierté dédaigneuse de toute compassion, lorsque, tout à coup, ces yeux se fixant sur Amédée prirent une vivacité si extraordinaire qu'ils semblaient deux globes ardents prêts à le consumer.

– Entendez-vous ? s'écria-t-il, en lui pressant fortement le bras et lui montrant le cratère lumineux.

– Je n'entends rien, répondit Amédée.

– Quoi ! vous n'entendez pas une voix qui chante et qui m'appelle ? Adieu !

– Pour le coup, mon camarade, dit Amédée, c'est votre tour d'être fou, mais je ferai pour vous ce que vous avez fait pour moi. Je ne vous abandonnerai pas seul à votre délire.

– C'est toi qui délires, répondit l'inconnu, en étendant son manteau comme si c'eût été une paire d'ailes pour s'envoler. Reste ici, ou retourne à la tour, l'esprit m'appelle : je dois aller à mon maître.

– Voici un étrange effet de l'atmosphère, pensa Amédée. Il faut que tous deux nous tombions alternativement en démence, dans ce lieu sauvage et glacé. Allons, ami, dit-il, reviens à toi. Nulle voix ne t'appelle. Ne cherche pas à m'échapper. Je veux te secourir et te suivre.

– Malheureux ! dit l'inconnu, tu n'entends pas ses accents divins ! Que je te plains ! Ton oreille est fermée aux sons ravissants de sa voix et aux accords aériens de la harpe éolienne !

Alors le jeune homme se mit à chanter de cette même voix prodigieuse et avec cet art inexprimable dont Amédée se souvint alors confusément d'avoir été charmé.

« Oui, viens ! disait-il, dans ces rimes mélodieuses qui semblaient faites pour son chant. Viens, mon roi. Ceins ta couronne de flamme blanche et de soufre bleu d'où s'échappe une pluie étincelante de diamants et de saphirs ! – Me voici ! enveloppe-moi dans des fleuves de lave ardente, presse-moi dans tes bras de feu, comme un amant presse sa fiancée. J'ai mis le manteau rouge. Je me suis paré de tes couleurs. Revêts aussi ta brûlante robe de pourpre. Couvre tes flancs de ces plis éclatants. Etna, viens, Etna ! brise tes portes de basalte, vomis le bitume et le soufre. Vomis la pierre, le métal et le feu ! »

La voix du chanteur augmentait de volume avec son enthousiasme ; elle devint si éclatante que le vaste horizon semblait ne plus la contenir. Amédée sentit sa raison se troubler. Cédant aux prestiges qui l'environnaient, son cerveau s'embrasa. Un transport frénétique s'empara de lui. Il saisit plus fortement le manteau de son compagnon, dont les pas légers semblaient ne plus effleurer le sol.

– Ne me laisse pas végéter dans cette vie réelle, à laquelle tu ne sembles pas appartenir, s'écria-t-il avec enthousiasme, ange ou démon : entraîne-moi dans ce tourbillon que je vois déjà t'envelopper.

De violentes secousses ébranlèrent la montagne. Des bouffées de flammes rouges et de sombre fumée s'exhalèrent de la bouche du volcan. Un bruit épouvantable, des craquements affreux remplirent les airs. En un instant, la lune disparut sous les noires vapeurs qui s'amoncelaient rapidement. Le vent souleva et dispersa des montagnes de cendres et des tourbillons de neige. Le compagnon d'Amédée, à demi-porté par les airs, semblait flotter sous son manteau déployé.

– Homme, dit-il, aurais-tu donc le courage de voir les merveilles de la Colère ? ne crains-tu ni le feu ni la mort ?

– La mort ne saurait être dans cette région éthérée où tu me transportes, répondit Amédée. Mon corps fragile peut être consumé par le feu, mon âme doit s'unir à ces éléments subtils dont tu es composé.

– Eh bien ! dit l'Esprit, en jetant sur Amédée une partie de son manteau rouge, dis adieu à la vie des hommes et suis-moi dans celle des fantômes.

Une rafale les emporta tous deux. Amédée se vit enveloppé dans des vapeurs qui formaient devant ses yeux comme des rideaux épais. Les sifflements du vent, les roulements de la foudre, les rugissements de la montagne ébranlée jusqu'en ses fondements prirent mille voix terribles et funestes : et les mots retentissants, *Temporále, temporále*, tombèrent de tous côtés comme une pluie de sons graves et sonores. Jamais harmonie plus éclatante et plus sauvage n'avait été entendue. L'Esprit, compagnon d'Amédée, chantait aussi ; mais c'étaient des paroles incompréhensibles et sur un ton déchirant comme les cris de la douleur et de la folie. Emportés dans l'espace, ils flottaient sur les nuées comme le naufragé que la vague exhausse et replonge cent fois dans ses aveugles caprices. Des sillons de feu dessinaient autour d'eux des caractères hiéroglyphiques et des cercles tournoyants. Une grêle de pierres incandescentes et des blocs d'un rouge de sang pleuvaient sur eux sans les atteindre.

– Que dis-tu de ce spectacle ? demanda L'Esprit à son hardi compagnon, en reprenant le ton aisé et indifférent qu'il avait eu sur la montagne.

– Je le trouve sublime, répondit Amédée, mais je voudrais le voir de plus près.

L'Esprit le saisit par les cheveux avec un éclat de rire diabolique, et ils fendirent l'air avec la rapidité de la foudre. Ils tombèrent sur la crête aiguë d'un rocher, mais leurs corps étaient si légers qu'ils bondirent comme la balle lancée par un enfant et retombèrent plus bas sur un autre rocher où ils s'arrêtèrent. Amédée vit alors au-dessus de lui le cratère vomissant des torrents de feu liquide, de métaux en fusion et lançant dans les nuages des bombes volcaniques dont la détonation était assourdissante. Des fleuves de lave descendaient rapidement en cascades de feu, et déjà ils entouraient la roche isolée où les deux voyageurs nocturnes étaient assis. Peu à peu les ondes de ce nouveau Tartare grossirent et embrasèrent leur dernière retraite. Amédée ne fut pas maître d'un mouvement d'effroi, lorsqu'un nouveau courant de lave, rompant ses digues, accourut sur eux avec l'impétuosité du tonnerre. Il passa, et Amédée se sentit pénétré jusqu'aux os par la flamme dévorante. Il se retourna et vit son corps à demi consumé que la lave emportait loin de lui et dont les misérables débris flottaient sur une mer de feu. Au même instant, ce qui restait de lui se sentit entouré par des bras voluptueux, et son compagnon au manteau rouge devint une femme plus ravissante que les houris tant vantées du Prophète : c'étaient bien toujours les mêmes traits qu'Amédée avait admirés dans son compagnon, mais un vif coloris de jeunesse et de santé brillait sur la charmante figure. Ses beaux yeux n'avaient plus cette tristesse dédaigneuse ni cet éclat diabolique qui s'y étaient montrés successivement ; ils avaient l'expression brûlante d'un amour passionné ; sa taille flexible et déliée rappelait bien encore l'intrépide allure du jeune montagnard, mais elle avait les formes gracieuses et délicates de la femme la plus séduisante. À ses vêtements de pâtre avait succédé une robe légère semée d'or et de diamants ; ses cheveux noirs et parfumés flottaient dans un désordre fantastique et le manteau de pourpre attaché sur ses épaules par des agrafes de rubis voltigeait en plis ondoyants autour d'elle. À la vue de cette métamorphose, Amédée sentit un mélange de désir et de terreur. La fée s'enfuit et gravit la montagne embrasée avec la légèreté d'un oiseau, tandis que ses petits pieds blancs et nus couraient sur la braise et sur la lave bouillante : on eût dit d'une jeune mouette qui étend ses ailes pour courir sur les flots transparents. Elle chantait de sa voix ravissante qu'accompagnaient les éclats et les déchirements du volcan.

– Suis-moi, si tu l'oses, disait-elle en se retournant vers Amédée avec un sourire céleste, suis-moi dans les entrailles de la fournaise : c'est là que mon palais enchanté et mon premier baiser accueilleront mon fiancé.

Dévoré d'amour, il s'élança sur la montagne ruisselante de feu, aussi léger que la vapeur brûlante qui se balançait sur ces ondes infernales ; il suivit rapidement les traces de la fée et lorsqu'elle se plongea dans la bouche du volcan, il s'y élança après elle. Il ne sentait plus en lui ces frayeurs, ces répugnances inséparables de la nature humaine ; pur esprit, il éprouvait l'ardeur de la flamme, non comme une douleur cuisante, mais comme une indicible volupté. Dans l'intérieur du volcan, il songea à peine à admirer les trésors de la lumière éclatante qui, sous mille formes et sous mille nuances, frémissait, balancée par un vent impétueux renvoyé du fond de l'abîme ; sur ce lit de feu tremblant, la fée tendait ses bras de neige vers Amédée, mais à peine eut-il touché de ses lèvres la rose ardente de sa bouche qu'il fut frappé d'une violente commotion électrique et perdant tout sentiment de cette vie magique qui l'enivrait... il se trouva couché sur son lit de feuilles sèches à l'entrée de la grotte des Chèvres, tandis que sa mule paissait à ses pieds l'herbe fine humectée de la rosée du matin...

– Mais, dit Tricket, il est temps que je me retire, car voici réellement luire le jour et je devrais déjà être à Baltimore où un de mes amis m'a donné rendez-vous. Nous reprendrons une autre fois l'*Histoire du Rêveur*. En attendant, dors, pauvre créature, et oublie jusqu'au sentiment de ta chétive existence.

Tricket s'envola et, du sommeil magnétique, je tombai dans le sommeil animal le plus complet.

Puissiez-vous, mes chers amis, en faire autant avec l'aide de cette lecture.

Ceux de vous, ô mes amis, qui aiment à lire une histoire d'un bout à l'autre, à suivre des événements dans l'ordre où ils se sont passés, ceux-là, je les engage à sauter les pages suivantes jusqu'à la fin de cette deuxième partie. Pour moi, je ne me sens pas la constance de raconter tout d'une haleine, et il y a telle histoire de coin du feu que j'ai su faire durer tout un hiver et reprendre à la Toussaint de l'autre année, juste au point où je l'avais laissée au printemps précédent. D'ailleurs, lorsque Tricket eut fini la première partie de son récit, il partit pour Baltimore, ainsi que je l'ai dit au chapitre précédent. Il y rencontra quelques fées de sa connaissance qui l'invitèrent à une soirée musicale qu'elles donnaient le lendemain sur la cime du mont Pichincha dans les Andes. De là un de ses amis l'emmena à Madagascar, où l'attendait un vieux magicien qu'ils s'engagèrent à conduire au Détroit des ossements, au nord de la Sibérie. Ce ne fut qu'au bout de quelques semaines que je vis revenir mon ami et que nous pûmes reprendre nos entretiens nocturnes.

II

Le grillon

– Qu'as-tu, créature mortelle, me dit un soir le bon Tricket, je ne te reconnais plus. D'où vient cet air sombre et abattu ? Quel malheur t'a donc frappée ? quelque argent mal employé, dissipé, perdu ? quelque mortification du sot amour-propre, car, vous autres, voilà vos affaires dans la vie. L'or et la vanité, c'est de quoi vous arracher des larmes et déchirer vos cœurs.

– Injuste ami, lui dis-je, quel plaisir prends-tu à humilier le genre humain dans ma personne, quand tu sais si bien que je n'ai pas l'esprit d'occuper ma vie avec les passions qui remplissent celle de mes semblables ? Un chagrin véritable flétrit mon cœur dans ce moment, et quand je t'en aurai fait le douloureux récit, tu pleureras avec moi.

– Voyons donc, dit Tricket, en s'appuyant sur le lumignon de ma lampe, conte-moi cela.

– Je vais te le lire, lui dis-je.

– Pouah ! dit Tricket ! de la douleur écrite ! ça ne vaudra pas le diable.

– Il ne s'agit pas de ce que tu crois : ce que je vais te lire est tout simplement ma lettre, que j'écris à Jane.

– À Jane ! dit Tricket. Ah ! quand donc le Grand Pouvoir qui dispose de moi m'enverra-t-il habiter le cerveau d'un être comme Jane ?

– C'est trop d'ambition pour toi, petit Tricket ; tu n'y gagnerais au reste pas tant que tu crois, car, avec moi, quelque fou que tu sois, tu conserves toujours une certaine supériorité de raison et de science qui me rend sensible à tes remontrances, au lieu qu'avec Jane tu serais si peu de chose ! Esprit fantasque, tu règnes ici, contente-toi de ma société.

– C'est bon, c'est bon, dit Tricket, mais je ne puis sans soupirer me rappeler Jane aux cheveux noirs, au long regard, à la voix douce, au sourire caressant ; cette créature n'est pas de la même argile que vous, ma chère.

– Aussi, Tricket, mon amitié pour elle est une sorte de culte. Mais écoute ma lettre et sache auparavant que Jane m'ordonna un jour de lui écrire un gros volume sur tel sujet qui me plaisait. Je commençai. Je n'achevai pas.

– C'est pour ne pas changer d'habitude, dit Tricket.

– Sans doute ; maintenant, je tâche d'éluder sa demande, en lui soumettant toutes les difficultés qu'entraîne son exécution.

À Jane

Nohant, le X... 183...

« Qu'un ange daigne tendre la main à une pauvre créature mortelle et l'invite à se dégager des faiblesses humaines, pour s'élever vers les choses célestes, cela se voit, à ce qu'assure ma mère Alice. Mais que l'ange s'amuse à s'entretenir familièrement avec le mortel, et, lui demandant compte de toutes ses sensations, prenne plaisir à lire dans ce cloaque des pauvretés et des faiblesses de son âme, ainsi que dans un livre intéressant, c'est ce qui peut être regardé comme une conduite légère et inconvenante de la part de l'ange. C'est chez lui une familiarité déplacée, et, quoiqu'il n'y eût pas de danger pour la contagion, toujours est-il que c'est une occupation indigne de lui que cet examen.

« Comment donc viens-tu, Jane, me demander un livre à moi ? qu'y a-t-il dans ma nature qui puisse s'élever jusqu'à la tienne ? où trouveras-tu un sourire ou une larme pour des plaisirs et des peines que tu ne saurais comprendre ? Anges, restez aux cieux. Le commerce des hommes ne saurait vous plaire longtemps, et ce que vous trouverez dans l'analyse du cœur humain n'excitera en vous que surprise et compassion. »

– Ne pourriez-vous sauter quelques pages, dit Tricket, cela sent la préface à plein nez.

– J'y consens, dis-je, pour te prouver que je sais passer du grave au doux, du plaisant au sévère.

Je reprends quelques années plus loin...

« Et puis un livre : comment faire pour en commencer un lorsque, comme moi, on a l'habitude de les prendre tous par la fin ? Tu me donnais pourtant bien mes aises ; que ce soit un roman ou un poème, disais-tu, de la morale ou de la plaisanterie, du classique ou du romantique, je n'y tiens guère, pourvu que cela vienne de toi.

Fort bien. Je puis m'élancer dans la prose ou dans poésie. Pour la prose, je m'en pique. J'ai composé dans ce genre deux excellents morceaux : savoir, une recette pour la confection du plum-pudding, et un compliment à ma tante pour le jour de sa fête : dont l'un, par sa clarté, sa concision, son exactitude ; l'autre, par sa fraîcheur, sa sensibilité et ses grâces neuves et piquantes, ont fait l'admiration de tous mes parents lorsque je n'avais encore que douze ans. Dans ce temps-là, je me suis bien aperçue que j'étais un prodige. Car, jusqu'à ma bonne, tout le monde me le disait. Quant aux vers, j'en ai fait une fois trois de suite dans le dernier couplet d'une certaine chanson, que les auteurs ont eu la générosité de m'attribuer tout entière, quand ils ont reconnu qu'ils n'obtiendraient jamais qu'un salaire de coups de bâton à toucher à la porte de chaque maison de la ville. Il fut, à cette époque, fortement question de me pendre, et une dame de distinction, qui se crut particulièrement attaquée dans cet opuscule, offrit sa jarretière pour faire le nœud coulant qu'elle désirait me voir autour du cou. Le danger que je courus alors m'a glacée d'une telle épouvante, que j'ai juré de ne jamais plus me livrer à cette verve prodigieuse qui m'avait inspiré, dans le court espace d'une soirée d'hiver, trois vers entiers de six pieds chaque. »

– Je sais cette histoire par cœur, dit Tricket, passez, passez.

– Hem ! dis-je, en faisant une nouvelle enjambée, m'y voici.

« Ne crois pas pourtant que j'ai perdu mon temps à chercher ce que j'allais faire. Dès que j'ai reçu ta lettre, je me mis à l'ouvrage, sauf à réfléchir après. Que me manquait-il, en effet ? ce n'était ni le papier, ni l'encre, ni le temps, ni la volonté ? Que faut-il de plus pour écrire par le temps qui court ? J'oubliais le besoin d'argent, si c'est un stimulant utile, comme je n'en doute pas. La première fois que j'écrirai pour le public, je ferai des merveilles certainement, car je ne connais personne qui puisse s'aider comme moi de cette disposition à l'enthousiasme qui consiste à n'avoir pas le sou. »

– Que de digressions ! dit Tricket. Au fait, au fait.

– J'y suis, repris-je, en sautant quelques lignes.

« J'écrivis donc, j'écrivis, tant qu'il y eut sur mon bureau de quoi faire gémir la presse et les lecteurs. Mais quand je vis ma besogne si avancée, je voulus y mettre de l'ordre, l'écrire en caractères moins désespérants, rassembler ces feuilles éparses afin d'en former un tout. C'est là que commencèrent mes tribulations. Ce fut d'abord un travail à en perdre la vue que de déchiffrer ma propre écriture. Je priai quelques-uns de mes amis de m'aider, mais après d'infructueux essais, tous me déclarèrent que la science de MM. Champollion et consorts ne suffirait pas pour débrouiller mes hiéroglyphes. Quel dommage que des idées si lumineuses aient été tracées en caractères si étrangement crochus ! que de trésors perdus pour la postérité, à moins que les siècles futurs n'engendrent une nouvelle race de savants plus versés dans la science des chiffres ! »

– Croyez-vous, dit Tricket en bâillant, que toutes ces fades plaisanteries sur votre propre compte soient bien amusantes ? Pour moi, je trouve qu'il n'y a rien d'insipide comme un écrivain qui meurt d'envie d'occuper de soi le lecteur. Quelques-uns ont la bonne foi et l'ingénuité de faire des volumes à leur propre louange ; d'autres, plus habiles, mais non moins fâcheux, se tournent en ridicule, se prennent pour but de leurs railleries, feignent de se mépriser, afin qu'on les estime, et veulent bien faire rire à leurs dépens, pourvu qu'on s'occupe d'eux. Véritables paillasses littéraires, qui souffriraient tous les affronts, plutôt que de ne pas attirer les regards et les aumônes.

Je baissai la tête d'un air abattu. La remarque de Tricket était d'une vérité assommante. Mais, reprenant courage :

– Et Sterne ? et Montaigne ? lui dis-je.

– Montaigne, dit-il, écrivait de bonne foi sa vie pour être utile à celle d'autrui. Sterne a tracé le portrait d'Yorrick : qu'en pensez-vous ?

– Rien, lui dis-je. Toucher à la gloire de Sterne, c'est une profanation dont je n'ai pas l'audace.

– Continue donc ta lecture, dit le génie, mais abrège, s'il est possible.

« À cette difficulté s'en joignit une autre, celle de lier ensemble les parties de mon ouvrage, car j'avais écrit ce qui m'était venu dans l'esprit, sans m'inquiéter des intervalles à remplir pour joindre ensemble les événements. J'avais commencé par faire descendre mes héros dans la tombe, au milieu des larmes de leurs proches ; ce tableau étant le plus touchant et le plus pathétique, je n'avais pu résister à la tentation de le tracer le premier ; puis, j'avais donné une famille à ces intéressants personnages, mais sans songer à les conduire préalablement à l'autel. De sorte qu'un de mes amis, à qui je traçais la peinture aimable de leur ménage, me fit observer que le tableau était immoral et l'innovation hardie. Je me hâtai de réparer cet oubli et de conclure l'hymen de mes amants, et cela me faisant penser que je n'avais pas encore songé à les mettre au monde, je trouvais que plus j'avançais plus il me restait à faire.

« À tout cela se joignit une attaque de goutte qui me força d'interrompre mes veilles durant plusieurs nuits, et l'absence où je fus obligée de laisser mon cabinet fut cause d'un événement déplorable, qui me réduisit à un tel désespoir, que je pris en haine le lieu qui me rappelait de si frais et de si déchirants souvenirs. J'avais un ami, un excellent ami en vérité ! doux, sage, discret, généreux, aimable ! hélas ! il n'est plus ! »

– Un ami ! dit Tricket, vous vous êtes permis d'avoir un ami en mon absence, sans m'avertir, sans me consulter ?

– Écoute, Tricket, comment cela m'est arrivé. Il y avait près d'un mois que j'avais fait sa connaissance. C'était un soir, qu'en glissant mon pied dans ma pantoufle, je l'avais senti me chatouiller le bout des doigts ; surprise, j'y portai la main, ramassai la pantoufle, mis mes lunettes sur mon nez, et m'approchant de la lampe, je trouvai un grillon de l'espèce de ceux qui se cachent dans les cheminées, et qui chantent dans l'âtre durant les longues nuits d'hiver. C'est un petit animal d'un blond clair, au corselet propre, aux pattes déliées, au visage spirituel, quoiqu'il l'ait un peu court et partant peu distingué. Sa physionomie me gagna le cœur dès le premier abord, et bien qu'il fît de furieux efforts pour s'échapper, je le pris le plus délicatement qu'il me fut possible. Et le rassurant de mon mieux : « Sois le bienvenu, lui dis-je, et ne crains pas que je te fasse du mal, ce serait de ma part une cruauté gratuite, une insigne lâcheté ; tu es venu chercher ici un refuge : il ne sera pas dit que tu sois plus mal reçu par des hôtes à qui tu ne fis jamais aucun mal, que Coriolan ne le fut jadis chez les Volsques. » En achevant ce discours qu'il me parut écouter avec intérêt, je le portai dans mon cabinet et, le déposant dans mon armoire à rayons qui me sert à la fois de bureau, de bibliothèque et de secrétaire, je le laissai se glisser entre un volume de Shakespeare et une brochure de Benjamin Constant, puis, lui souhaitant une bonne nuit, j'allai de mon côté prendre mon repos.

Depuis cette époque, mon aimable ami ne passait pas une nuit sans me rendre sa visite : c'était le compagnon de mes veilles, le sentiment affectueux que nous éprouvions l'un pour l'autre n'eût pas manqué de répandre une teinte de bienveillance et de sensibilité sur mon ouvrage, si j'eusse pu l'achever sous ses auspices ! Jusqu'à minuit, il se tenait tranquille dans sa retraite, soit qu'il y dormît, soit qu'il eût coutume, ainsi que moi, de consacrer une heure chaque soir à examiner l'état de son cœur et à y joindre quelque méditation philosophique et morale. À cet effet, sans doute, il s'était choisi dans quelque fente de la boiserie un asile écarté que je voulais ignorer, que j'aurais respecté toute ma vie, puisque sa fantaisie était de me cacher son domicile : à Dieu ne plaise que j'eusse violé les droits sacrés de l'hospitalité par une curiosité indiscrète ! Mais comme ses habitudes avaient une parfaite sympathie avec les miennes, dès que minuit avait sonné, il commençait à se réveiller et à jouir pleinement de toutes ses facultés intellectuelles. D'abord, je l'entendais frétiller sur le papier qui tapisse mon armoire et secouer timidement, avec un faible bruit, ses petites ailes engourdies par le sommeil. Peu à peu il s'enhardissait, se rapprochait : son chant prenait de la mélodie, de la mesure, de l'éclat. Il le répétait longtemps et avec des modulations singulièrement variées ; aussi, loin de le trouver monotone, comme l'eussent pu faire des oreilles moins attentives et moins exercées, les miennes savaient en apprécier les beautés. D'ailleurs, lors même que l'habitude m'eût rendu son refrain un peu uniforme à la longue, comme je ne doute qu'il eût, en le répétant, l'intention de m'être agréable, pour rien au monde je n'eusse voulu lui causer la mortification de l'interrompre... l'amitié, comme l'amour, vit de mutuels sacrifices.

Enfin, il descendait de rayon en rayon jusqu'à une pile de livres entassés sur le bureau à ma droite. Il s'y arrêtait, réjoui de contempler la vive clarté de ma lampe. Il me regardait aussi sans effroi ni méfiance. Il passait avec une grâce inimitable ses antennes longues et délicates sous ses petites pattes de devant, et je devinais les diverses émotions de son âme au mouvement qu'il imprimait à ces légers ornements. S'il les plaçait en avant et sur une même ligne, c'est qu'un objet nouveau avait éveillé son attention. S'il les plaçait inégalement, avançant l'une et retirant l'autre, il était partagé entre le doute, l'étonnement, la curiosité, l'inquiétude. Enfin, lorsque l'une et l'autre étaient rabattues sur son dos, dépassant encore de toute la moitié la longueur de son individu, il était dans un état parfait d'aménité, de calme et de bonheur.

De jour en jour il devenait plus familier et notre intimité acquérait de nouveaux charmes. Tantôt, il se promenait gravement entre mes plumes et tantôt se fourrait dans ma boîte de pains à cacheter. Espiègle et pétulant, il en sortait d'un saut et les faisait voler autour de lui. Il arrivait jusque sur mon papier et semblait lire chaque mot à mesure qu'il s'échappait de ma plume, l'effaçait souvent en passant dessus et toujours à propos ! Honnête et sincère ami. Qui peut apprécier le nombre de bévues que tu m'auras préservée d'écrire ! car j'avais pour toi un respect superstitieux ; je te prenais tantôt pour une âme et tantôt pour un génie : je me serais bien gardée de m'opposer à la sagesse éloquente de tes muets avis.

Le cœur humain est essentiellement sympathique de sa nature, et ceux qui veulent l'écouter et ne point étouffer ses mouvements par de vains sophismes, par des préjugés arbitraires, éprouvent que plus ils se livrent à cette délicieuse sympathie, plus leurs jouissances sont fines et variées. Elle établit des rapports entre l'homme et tous les objets qui l'environnent, elle multiplie les objets de son affection. Ah ! s'il savait reconnaître ses inspirations ! s'il ne s'arrogeait point l'injuste et absurde prérogative d'être impatient, querelleur, destructeur, cruel ! il verrait se ranger sous sa protection une grande partie des êtres que sa méchanceté stupide retient dans une juste défiance. On a été étonné du degré d'éducation que de chétifs insectes ont pu acquérir grâce à la patience et à la continuité de soins de quelques pauvres prisonniers. Latude avait à la Bastille une araignée favorite qui répondait à sa voix et charmait ses longs ennuis. Je suis convaincue que cette éducation, dont bien des exemples sont restés ignorés, n'est ni si longue ni si difficile qu'on se l'imagine.

Pour moi, j'aurai toujours bonne opinion d'un homme qui sera susceptible de l'entreprendre et, fussé-je libre de le faire, j'ouvrirais d'une main assurée le cachot de celui que j'y trouverais livré à d'aussi paisibles amusements. Il ne saurait être dangereux à la société, ennemi de ses semblables, l'homme qui a tellement besoin de société et d'amitié, qu'il recherche, à défaut d'autre, celle des moindres créatures.

Il y avait dans une prison, où je vais souvent, un vagabond que de fortes préventions faisaient regarder comme assassin. Je le trouvai un jour partageant son lit de paille et son pain bis avec une oie qui répondait à ses caresses, et bien que tout le reste fût à la charge de cet homme, cela seul m'a toujours porté à le croire innocent du crime dont on l'accusait.

Hélas ! qui sait si ce n'est pas l'âme d'un de mes amis que j'ai perdus, qui habitait le corps menu de ce pauvre petit animal ? Il y a mille systèmes plus fous et plus accrédités que celui de Pythagore et si l'on ne doit admettre aucun système dans son entier, on ne doit pas non plus les rejeter sans en garder quelque chose, car il y a toujours du vrai dans un système. Moi, je me plaisais dans cette idée : « Hôte aimable, disais-je, ainsi le souffle de quelqu'un des miens anime ton enveloppe fragile ; que le jour où tu entras dans ma pantoufle soit à jamais béni ! Reste, reste avec moi et ne crains pas que je me lasse de te protéger ! Puissé-je un jour être traitée de même par ceux qui me survivront ; puissé-je n'être pas chassée honteusement de leurs demeures, ou écrasée sans pitié sous leurs pieds ! Injuste et barbare est la loi qui place les animaux sous la dépendance de l'homme ! Aveugle et funeste est l'orgueil qui les repousse si bas dans ses préjugés !

Une invisible fatalité s'est toujours attachée à ce que j'ai aimé sur la terre ! Mon hôte avait l'habitude d'aller faire un tour de promenade au jardin dans la matinée. Il allait respirer le frais dans le jasmin qui tapisse le bord de ma fenêtre. J'avais observé son heure, et ce n'était qu'avec des précautions infinies que je me permettais d'ouvrir et de fermer mon cabinet jusqu'à ce que je me fusse assurée qu'il était rentré. Ô désespoir ! ô impitoyable fatalité ! ô funestes étoiles ! ô maudite attaque de goutte ! À peine rétablie, je reprends mes livres, ma lampe, ma veillée. Je me faisais une fête de retrouver mon ami : que cette entrevue m'eût été douce ! J'eusse osé lui parler de mes maux. Je n'aurais pas craint, comme avec mes semblables, de montrer de la lâcheté et de rencontrer de l'indifférence. Hélas ! il ne vint pas ! J'écoutais. Le plus affreux silence régna durant cette éternelle nuit. Enfin, à la pointe du jour, incapable de résister plus longtemps à mon inquiétude, je cherche, j'appelle, j'implore le ciel. Je redemande mon ami à tous les échos de mon cabinet. J'entrouvre ma fenêtre. Peut-être il n'a pu rentrer hier de sa promenade. Peut-être il attend sur le jasmin, transi de froid, desséché d'ennui. Spectacle déchirant ! il est là, en effet, mais dans quel état ! brisé, disloqué, mourant !

Infortuné ! qui, sans défiance et sans empressement, attendait sur le bord de la fenêtre qu'une main amie vînt lui rendre le service accoutumé. Une pataude de servante l'a écrasé en poussant lourdement le châssis. Hélas ! une corne et une patte de mon ami sont là pour attester le douloureux genre de mort qu'il a subi, mais il respire encore, il peut vivre peut-être, vivre encore par la force de son courage et les soins de l'amitié : je le prends, je réchauffe ses membres glacés dans ma main, tremblante. Je l'arrose de mes pleurs. Reviens ! reviens ! ô mon ami ! si tu peux vivre encore, nous ne nous quitterons plus ! Je t'aiderai dans tes infirmités, je t'apporterai la rosée du matin dans le calice d'une fleur de jasmin. Je soutiendrai tes pas chancelants, et quant à la perte de ta gracieuse antenne, nous nous en consolerons. Elle n'était pas nécessaire à ton existence, ta beauté en sera légèrement altérée ; d'ailleurs, crois-tu que mon cœur te fût seulement attaché pour tes avantages extérieurs ? crois-tu que je t'en aimerai moins, que j'apprécierai moins que par le passé les précieuses qualités de ton âme ? Reviens ! reviens ! » Mais, hélas ! il ne m'entend plus. Il expire, c'en est fait ! « Ô mon ami, que vas-tu devenir ? Où ton souffle va-t-il se réfugier ? quelle place vas-tu occuper sur l'échelle de la création ? Pourras-tu être repoussé plus bas ? Non, le sort ne le voudra pas ; frêle et chétif, tu vécus dans l'innocence et la résignation, tu mérites une récompense : c'est dans le sein d'un brillant oiseau, libre habitant de l'air, que tu vas exister, peut-être dans celui d'un chien fidèle, peut-être dans celui même d'un homme..., mais non, que la Nature t'en préserve : de toutes les conditions, la pire est d'être le roi détesté des autres créatures, et si tu as déjà appartenu à notre race fatale et impie, tu dois craindre d'y retourner : foin l'homme et sa dépendance ; foin ses caprices et son dédain ; réfugie-toi pour lui échapper dans l'air pur des champs ou dans le parfum léger des plantes. Tout vit, respire, aime, meurt, renaît. Cette fleur pâle qui semble inanimée porte en son sein les principes d'une vie nouvelle qu'elle pourra te communiquer ; vis de nouveau sous sa forme charmante, mes mains te cultiveront ; je te préserverai des rigueurs du froid et j'irai le matin respirer ton âme dans le parfum chéri que tu vas exhaler. »

En parlant ainsi, je déposai le corps de mon ami dans le large et profond calice d'un datura. Il y repose ainsi que dans un mausolée et son essence émanée de la puissance créatrice s'est réunie, j'espère, à celle de la plante embaumée.

Tricket garda le silence. Je compris qu'il compatissait à ma peine, et, pour cette fois, j'achevai la lecture d'un chapitre de mes œuvres sans exciter ses railleries ou provoquer des bâillements.

– Eh bien ! me dit-il après une pause, et le livre ?

– Le livre en resta là, lui dis-je.

J'avais eu la fantaisie d'écrire ma vie, ou, pour me servir de l'expression consacrée, mes Mémoires. – Vive Dieu ! que cela eût été intéressant ! dit Tricket. – Pourquoi pas, repris-je ; d'ailleurs, c'est la mode : souverains, généraux, apothicaires, actrices, danseuses, courtisanes, forçats, fonctionnaires publics, espions de tout rang, de tout sexe et de tout âge, veulent bien nous faire pénétrer dans les secrets de l'État et plus encore dans celui de leurs vies privées.

Dupe des promesses d'un écrivain, le lecteur s'imagine toujours qu'il va assister aux scènes les plus importantes de l'histoire, il croit que d'illustres personnages peints d'après nature vont se présenter dans ce cadre et le remplir. Il espère, il aurait du moins le droit d'espérer que le narrateur aura la pudeur de ne s'y montrer que comme témoin chargé de prouver ce qu'il avance, et qu'il voudra bien lui faire grâce de son éloge ou de sa confession, en tout ce qui n'est pas étroitement lié à l'intelligence ou à l'authenticité de son récit. Mais quels sont sa surprise et son dégoût, lorsqu'il s'aperçoit qu'on l'a indignement trompé et que ces belles promesses n'étaient qu'un leurre pour le forcer d'écouter les fanfaronnes vanteries de l'auteur ! Impatient, il continue pourtant, espérant que le rideau va se lever et que les héros vont paraître sur la scène : il arrive à la fin, et l'auteur s'est chargé tout seul d'occuper le théâtre et de s'y montrer pompeusement en différents costumes, pour vous raconter, de ceux dont il vous promettait l'apparition, des lieux communs et des anecdotes usées que vous avez lues partout.

Moi, j'aurais été plus sincère. J'aurais dit en commençant : « Je vais vous parler de moi et rien que de moi. Je le ferai, non pour que vous preniez intérêt à moi, qui n'ai pas de nom, qui ne suis rien, mais pour que vous entendiez une fois l'histoire sincère et vraie du cœur humain, pour qu'en lisant dans les moindres replis d'une âme quelconque (je prends la mienne pour le sujet de ma dissection, parce que c'est celle que je puis examiner le plus longtemps et le plus sévèrement) vous fassiez quelque réflexion ou, si vous le voulez, quelque comparaison salutaire, parce que je crois que toute l'histoire quelque nue, quelque simple qu'elle soit, ne peut manquer d'intérêt et d'utilité, racontée ainsi. »

– Cela ne commence pas mal, dit Tricket. Est-ce encore une préface ? Seigneur Dieu ! Délivrez-nous des préfaces !

– Non, lui dis-je, ce n'est pas une préface, parce que je ne veux plus écrire mes mémoires ; ce serait, de tous les livres, le plus long que je pusse entreprendre et par conséquent le plus certain de n'être jamais fini. Je te disais cela, Tricket, comme je le disais l'autre soir à ce jeune bel esprit que tu connais. J'étais en train de lui déclamer une superbe philippique impromptu contre le siècle et les charlatans, lorsque je m'interrompis, en m'écriant avec angoisse : ô Jean-Jacques Rousseau !

Je ne sais comment le nom de feu mon meilleur ami vint se jeter au milieu de ce débordement d'indignation et disperser les matériaux de ma colère ; ce n'est pas que le moderne apôtre de la charité n'eût aussi ses accès d'humeur, où sa bile s'exhalait en flots d'amère éloquence, mais je pensais à ses *Confessions*, premier modèle qui ait inspiré de modernes pénitents et qui les ait enhardis à se confesser comme les premiers chrétiens à la face du Ciel et de la Terre, prenant, c'est-à-dire feignant de prendre l'opinion publique pour tribunal de leur pénitence. Je pensais à cet aveu naïf, humble et touchant des erreurs d'une vie tantôt abjecte et tantôt sublime, toujours infortunée ; mon cœur plein de ce souvenir s'attendrit sur les repentants soupirs du vieillard de Montmorency. J'oubliais un instant les hypocrites qui, depuis, ont feint de l'imiter pour trouver le temps et l'audace de se vanter aux dépens de la vérité.

– Mais, bon Dieu ! me dit mon ami le Bel Esprit, en rajustant sa cravate empesée, d'où sortez-vous ? Où avez-vous vécu ? au village, on le voit bien. Quoi ! vous êtes dupe de ces prétendus philosophes, plus charlatans cent fois que tous les charlatans philosophes qui l'ont suivi ? Vous ne voyez pas dans ces *Confessions* l'orgueil enfler le manteau déchiré de l'humilité !...

Mon jeune ami en aurait dit davantage si, heureusement pour la mémoire de Jean-Jacques et pour mon cœur qui saignait de cette attaque, une épingle d'or qui tenait précisément le bout le plus important du nœud difficile de cette savante cravate ne fût tombée sur le parquet. Mon ami se baissa pour la ramasser, mais la clarté d'une bougie n'était pas suffisante pour l'apercevoir et d'ailleurs les bésicles de myope que mon aimable commensal avait la fantaisie de porter en dépit de la bonté de sa vue lui rapetissaient les dimensions des objets au point de lui rendre impossible celle d'une épingle. Enfin, soit que mon ami eût de la difficulté à se tenir courbé, en raison du corset qui faisait si élégamment ressortir les proportions de sa taille romantique, soit que l'épingle se fût glissée dans une des fentes que le temps avait creusées sur le parquet vermoulu de mon appartement, il me pria de sonner un domestique pour l'aider dans cette recherche importante. Le domestique n'obtenant pas plus de succès, quoiqu'il eût allumé trois bougies et deux chandelles, la cuisinière fut appelée, puis la servante maladroite qui ferme si lourdement les fenêtres et qu'on pourrait mettre en regard avec celle qui causa le funeste accident dont le nez de Tristam Shandy fut victime ; puis enfin ma vieille faiseuse de fromages, qui gagna une terrible sciatique dans cet exercice, renversa sur un meuble en soie toute l'huile noire et brûlante d'une lampe de fer presque aussi vieille que main chancelante qui s'efforçait vainement de la maintenir en équilibre, cassa le verre des lunettes à gros verres arrondis qui pinçaient son nez éraillé, et marcha sur la patte de mon chien dont les cris donnèrent une attaque de nerfs à ma femme de chambre.

– Je voudrais bien savoir, interrompit Tricket avec un air profond, pourquoi toutes les femmes de chambre ont des attaques de nerfs.

– C'est, lui dis-je, que la mode en est passée pour les belles dames. Les femmes de chambre s'en sont emparées, comme elles font des bonnets et des robes dont leurs maîtresses ne veulent plus.

– Et l'épingle ?

L'épingle ne fut jamais retrouvée ; et toi qui me questionnes, malin follet, peut-être étais-tu là, te moquant de nous, et nous laissant chercher ce que tu savais bien que nous ne trouverions pas.

– Ce n'est pas mon affaire, répondit Tricket ; ne sais-tu pas qu'il y a une classe de follets d'un moyen ordre, spécialement chargée de recueillir les objets perdus et de changer leur destination ? Grâce à eux, rien ne se perd réellement, mais aussi il est rare que le propriétaire rentre dans son bien. Ce sont des esprits malicieux qui prennent leur plaisir à voir l'anxiété des recherches des hommes. J'en ai vu qui leur mettaient sous le nez la bourse pleine d'or, les diamants précieux ou la lettre d'amour qu'ils avaient perdue, en même temps qu'ils fascinaient leurs yeux, de manière à les empêcher de s'en apercevoir. Et tandis que ces pauvres gens dépouillés se tordaient les mains d'impatience et de désespoir, le diable, à côté d'eux, riait à leurs dépens en volant leur trésor.

– En vérité, j'avais toujours eu cette idée-là, en voyant la bizarrerie qui préside à la destinée des plus petites choses, et les hasards inconcevables qui font dépendre notre sort de la perte ou de la possession de certaines babioles. Je me suis dit, il y a longtemps, qu'une puissance invisible se mêlait à ces sortes d'affaires.

– Et que dit encore votre bel esprit à propos de Jean-Jacques ?

– La perte de son épingle et le dérangement de sa cravate l'avaient tellement troublé qu'il ne fut plus question d'autre chose entre nous le reste de la soirée. Et j'en rends grâces au ciel. De la chute de cette épingle a dépendu peut-être tout le reste de ma vie, et c'est ainsi que les plus petites causes produisent les plus grands effets. Tu sais que mon caractère est irrésolu et ma conscience timorée. L'opinion des autres a tant d'influence sur la mienne, qu'il est bien possible que je n'en aie jamais une en propre. Dans la discussion, je me fais un cas de conscience d'écouter le pour et le contre avec une égale impartialité. Est-ce ma faute si, dans toutes les questions possibles, je m'aperçois avec effroi qu'il y a autant de raisons pour adopter que pour rejeter ces mêmes questions ? J'en suis venue au point de fuir toute espèce de discussion et même de réflexion sérieuse, m'en rapportant à la seule impulsion de mon cœur qui, Dieu merci, n'est pas méchant, et ne m'a jamais fourvoyée. C'est, je crois, le seul parti raisonnable qui me restât. Dans le temps où je voulais trancher les difficultés par le raisonnement, je ne faisais que des sottises. Étais-je assez stupide de vouloir lutter contre ma nature et forcer mon talent ! Je me rappelle que je changeais d'opinion autant de fois que j'entendais deux adversaires se combattre alternativement ; la balance penchait d'abord pour celui qui parlait, mais aussitôt que l'autre prenait la parole, il l'emportait à son tour. Et comme je prenais un singulier et dangereux plaisir à écouter la controverse, j'assistais aux débats comme à un spectacle, et dans ma joie, j'étais également portée à la bienveillance pour tous les acteurs qui voulaient bien lutter pour me divertir. Je sortais de là, charmée d'avoir si bien employé mon temps et disant : l'avocat Tant Mieux a parlé comme un livre, mais l'avocat Tant Pis ne lui cède un rien, et tous les deux ont parfaitement raison dans leur sens. Je restais là, dans un parfait équilibre entre le bien et le mal, possédant une dose égale de confiance et de doute. Je vivais comme voyagerait un homme qui s'arrêterait à chaque pas pour regarder chaque fleur, chaque pierre, chaque arbre, dans le plus grand détail et qui le soir sortirait de sa rêverie sans avoir quitté la place d'où il est parti le matin.

Ennuyée de cette léthargie, sentant battre dans ma poitrine un cœur trop chaud pour cet état de quiétisme, je tombai en me débattant dans l'état contraire. Ce fut la seconde période de ma vie. Je me persuadai que rien ne dégradait l'homme, que rien ne corrompait son âme et ne le rendait moins profitable aux autres comme de n'avoir ni opinions arrêtées, ni idées positives, ni passions pour les soutenir et les faire prévaloir. Je demandai avec avidité ces opinions et ces passions à tous ceux que je rencontrais. Je les demandais à Jean-Jacques, à Montaigne, à Duclos, à Byron, à Montesquieu, à Chateaubriand, à Platon, à Shakespeare, à tous ceux enfin qui ont écrit avec réflexion et sentiment. Chacun me donnait du sien et je remplis mon cœur et ma tête jusqu'à ce que le vase débordât ; alors je tombai dans l'ivresse et dans un état voisin de la folie. Je me sentis prête à devenir injuste, vindicative, féroce même, car le fanatisme des opinions nous conduit là... Je sentis les tourments de la haine, de l'indignation, du mépris, de la vengeance tout prêts à envahir mon cœur jusque-là si pur et si paisible. J'eus horreur de ce qui se passait en moi. Je me demandai si le torrent qui m'entraînait faisait les héros ou les monstres et je crus apercevoir qu'il faisait les uns et les autres. Et puis mes yeux s'ouvrirent à une terrible apparition. Je vis passer dans ma vision les ombres des plus grands hommes mêlées confusément avec celles des derniers scélérats et toutes formaient une chaîne dont les anneaux semblaient se toucher. Je frissonnai d'épouvante et j'eus plus peur encore, quand je vis qu'ils s'entretenaient ensemble familièrement, qu'ils s'entendaient sur beaucoup de points, qu'ils avaient en commun des souvenirs et des sentiments, qu'ils étaient tous partis d'un même but et que les gradations par lesquelles ils avaient atteint ou dépassé le terme, les dissidences qui avaient fait varier chacun d'eux dans sa carrière étaient autant de fils déliés et presque imperceptibles que je ne pouvais saisir, qui m'échappaient dès que j'y voulais porter la main et qui ne causaient à ma vue qu'éblouissement et douleur.

Dans ce cauchemar, j'osai interroger les apparitions : leurs discours, leurs apologies, leurs systèmes achevèrent de me bouleverser. Robespierre me fit admirer ses vertus, Voltaire lui souriait et Brutus lui tendait les bras. Ces fantômes semblaient prêts à m'enlacer. Je m'éveillai glacée d'horreur et je chassai de mon cerveau les pensées qui l'avaient ainsi égaré.

Je me repliai sur moi-même et me demandai de quoi j'étais capable : mon cœur me dit que c'était de faire le bien et mon cerveau me dit que le mal était tout aussi facile. Je compris qu'il y a des êtres assez forts pour devenir grands sans succomber aux épreuves qui y conduisent ; je compris qu'il y en a de trop faibles pour résister à ces épreuves et d'autres qui ne sont ni assez faibles ni assez forts pour être quelque chose. Je restai parmi ces derniers et j'employai tous mes efforts à ne pas me pervertir. J'adoptai comme des principes tout ce qui pouvait me rendre à la fois heureuse et bonne, et je vis que pour être ainsi, je n'avais qu'à suivre un penchant inné et fermer l'oreille aux tristes exhortations d'une philosophie chagrine et froide pour juger de la bonté d'une résolution. J'interrogeai mon cœur. J'y trouvai de la répugnance pour les mauvaises actions, de l'entraînement vers les bonnes. Et mon cœur me donnait ses avis en dépit des considérations personnelles et des précautions égoïstes de la prudence humaine. Je me sacrifiai au bonheur d'autrui et je fus heureuse. Les uns dirent que j'étais folle et ils se trompèrent, d'autres dirent que j'étais généreuse et ils se trompèrent encore. Je n'étais que sensée. Je travaillais pour moi. J'achetais la paix de l'âme, le plus grand des biens, au prix de quelques contrariétés sociales si petites, si misérables en comparaison, qu'il eût fallu être stupide pour balancer dans le choix : c'est la troisième période de ma vie et j'espère qu'elle s'étendra jusqu'à la fin des jours que je dois passer sur cette terre.

– Et quand l'épingle se détacha de la cravate du bel Esprit, où en étiez-vous ? dit Tricket.

– À la seconde période, à celle de l'enthousiasme, des doutes et des erreurs. Tu sens, Tricket, qu'avec des phrases aussi fleuries que celles qu'il avait sans doute en réserve et des agréments extérieurs comme ceux qu'il possédait, mon jeune bel Esprit eût bien pu, sinon étouffer cette affection que je ressens au fond de l'âme pour le Genevois, du moins ébranler un peu cette foi vive que j'ai en sa véracité. Comme rien n'est si cruel que de douter de ce qui flatte le cœur, et que les aveux de Jean-Jacques sont peut-être le seul monument qui puisse me réconcilier avec l'humanité, quand je considère le tableau de ses vices, je te laisse à penser quelle source de consolation m'eût été fermée, si je me fusse rangée au sentiment de mon hôte. Sans la chute de l'épingle, j'en serais peut-être venue à croire que le repentir est lâcheté, l'humilité, fourberie.

Comme j'avais beaucoup parlé ce soir-là, je me sentis pressée de dormir. Je priai Tricket de charmer mon sommeil par la continuation de son conte et il reprit en ces termes l'histoire du Rêveur.